友橋かめつ
ill.希望つばめ
6
JN105969
Sランク冒険者である俺の娘たちは重度のファザコンでした

――三年前の王都の喫茶店にて

次女・アンナ

「こら、パパを困らせないの」

「どう？　良い感じでしょ？」

「は、恥ずかしいので、
あまりまじまじと見ないで
リズベス

Sランク冒険者である俺の娘たちは重度のファザコンでした 6

友橋かめつ

CONTENTS

Illustration 希望つばめ

第一話

懐かしい夢を見た。

娘たちが村を出て、王都に向かう日の光景だ。

胸に夢を抱いて馬車に乗り込み、旅立ちの時を迎える彼女たち——その面持ちは不安と緊張とそれ以上の希望に彩られている。

十四歳だった。

馬車の御者台の幌を開け、こちらに手を振る娘たちを見送る俺の胸中。

それは育児がようやく一段落ついた安堵と、娘たちに本当の父親でないことを打ち明けられなかった罪悪感が綯い交ぜになっていた。

そしてそれ以上に、寂しさを覚えていた。

赤子の頃からずっと成長する様子を見守り続けていた。

今後はそうはいかない。

村に残る俺は、王都で活躍する彼女たちを見ることはできない。

俺は娘たちが見えなくなるまで、その姿を見据え続けていた。彼女らのこれからの成長を見届けることができない分も。

目が覚めた時、一瞬、全てが真っ白になっていた。

自分がいったいどこにいるのか。自分はいったい誰なのか。

何も分からない。

まるで空白の存在になったかのようだった。

平衡感覚が失われ、宙を夢遊しているような感覚が纏(まと)わり付いている。

悪酔いした翌日の朝に残っているような不快感。

時間が経(た)つにつれてその感覚は次第に収束していった。

けれど、頭の奥にはなおも鈍い痛みが残っていた。

二日酔いのような感覚。軽く吐き気がする。戻して楽になりたい。

俺はベッドから身体(からだ)を起こすと、自室の扉を開け、洗面所に向かおうとする。

意識がそのことにかかりきりになっていたからだろうか。本来なら気づくはずの違和感にその時は気づくことができなかった。

洗面所に向かうためにリビングを横切った時だった。

そこにいた人たちと目が遭った。

メガネを掛けた小太りの中年男性と、エプロン姿の中年女性。それにまだ十歳くらいの年端もいかない少年だった。

彼らは皆(みんな)、驚愕(きょうがく)したように目を見開いていた。

まるで突然の闖入者(ちんにゅうしゃ)に戸惑っているようだった。

だがそれはこちらも同じだった。

――誰だ？　この人たちは？　なぜ俺の家にいる？

咄嗟に周囲を見回すと、見慣れた家のリビングとは違っていた。家具の位置も、絨毯の位置も、室内を包み込む家の匂いも。

つまり――だ。

この家の主は彼らであって、俺ではない。

ということは……。

考えられるのは最悪の結論だった。

「すまない！　家を間違えた！」

謝罪の言葉を残すと、俺は逃げるように家から飛び出した。

しばらく路地を駆け、人気のない路地裏に辿り着くと、彼らが追ってきていないことを確認して胸をなで下ろした。

――助かった……。いや、あの後通報されたかもしれないが。騎士団が駆けつけてきたらちゃんと事情を説明しよう。

それにしても、いったいなぜこんなことが起こった？

昨夜のことを思い出そうとしてみる。

……何も思い出せない。

まるで記憶が波にさらわれてしまったかのようだ。

頭の芯に残る重さは、二日酔いをした時の感覚に似ている。昨日の夜、飲みすぎたせいで帰る家を間違えたのだろうか？

しかし、記憶をなくすほど泥酔してしまうとは。

「いい年をして情けなさすぎる……」

そのせいであの家の住民たちを驚かせてしまい、騎士団の仕事を増やしてしまうことになったとなれば目も当てられない。エルザにも申し訳が立たない。

俺は深く反省しつつ、自宅に戻ろうとする。

——あれ？

しかし記憶を辿って戻ってきたのは、先ほど飛び出してきた家だった。

——俺がいたのは別人の家じゃない。自宅だ。

冷静に思い返してみると、内装が違っていただけで、間取りは自宅のものだった。

玄関の扉が開くと、リビングで鉢合わせした中年男性が姿を現した。恐らく出勤しようとしている彼に思わず声を掛ける。

「あの、お尋ねしたいことがあるのですが」

「あなたは……」

警戒心を露わにする中年男性。

「この家はクライド家の名義ではありませんか？」

「いったい何を仰っているんですか？　この家はずっと私たちの名義ですが……」

中年男性は困惑したように言った。

そして俺の身体を見ると、怯えたように続けた。

「それより、早く病院に行った方がいいのでは？」

「え？」

「随分と怪我をされているようですが……」

彼の視線を追って俺は気づいた。

服越しにでも分かるほど、腹部から出血していた。


その後、彼はこちらと関わりたくないとばかりに足早に出勤していった。騎士団に通報されなかったのは運が良かった。

一夜にして家が消失してしまった。

俺たちの家は名義が変わっていた。

そして俺は腹部から出血していた。

時間をかけて治癒魔法で治癒したが、完全には治ってはいない。傷口を見るに抉られたかのような痕だった。完治するにはもう少し時間が必要になりそうだ。

いったい何がどうなってるんだ？

それにエルザやアンナ、メリルたちはどこに行ったのだろう？

家の中にはいなかったようだが……無事なのだろうか？

その時ふと目の前を通りかかった住民を視認して、思わず声を掛ける。

「ライドンさん！」

彼――ライドンさんはご近所に住む炭鉱で働いている恰幅（かっぷく）の良い壮年の男性で、俺たち家族とも付き合いがあった。

良かった。知り合いがいた。ほっとしながら尋ねる。

「娘たちを見ませんでしたか？」

「娘たち？」

「エルザとアンナとメリルですよ」

「あんた、娘がいるのか。三人も」

「何言ってるんですか。ライドンさんとも面識があるでしょう」

「……いや、知らんが」

ライドンさんは怪訝（けげん）そうな面持ちをしていた。

その反応に不安を覚えた俺は、語気を強めて言う。

「エルザは騎士団長で、アンナは冒険者ギルドのギルドマスター。メリルは賢者――王都のほとんど全員が知ってるでしょう」

「……さっきからずっと、何を言ってるんだ？」

ライドンさんは呆（あき）れたように俺を見やる。そして諭すように続けた。

「騎士団長もギルドマスターもそんな名前の奴（やつ）じゃない。そもそも男だしな。賢者ってのも聞いたことがない」

「え？」

最初、冗談を言っているのかと思った。

けれど、嘘を言っている顔じゃない。

第一、彼はそんなことをするような人じゃない。

生真面目で冗談の一つも言わないのだ。

ライドンさんは呆然とする俺の様子を見て何か勘違いをしたのか、分厚い手のひらで肩を優しく叩いてきた。

「薬をキメてるのか知らんが、やめた方がいいぞ。炭鉱で働いてる奴にもいるが。ろくなことにならんからな」

呆れ交じりにそう諭すと、俺の前から去っていった。


騎士団長はエルザではなく、ギルドマスターもアンナではない。そして賢者と称されるほどの魔法使いもいないのだという。

娘たちは煙のように消えてしまった。

まるで初めから存在していなかったかのように。

それにライドンさんの態度も妙だった。

俺のことを知らないようだった。

とにかくまずは置かれた状況を把握しなければならない。

俺は他の面々を頼ってみることにした。

レジーナやエトラが泊まっているはずの宿を訪ねたが、娘たちと同じだった。そんな客は泊まっていないのだという。

宿を後にしてしばらく歩いていると、貴族街の近くまで来ていた。貴族街と住民街とを隔てる門の前には騎士が二人立っていた。

騎士団の教官を務めている俺は、騎士の顔と名前は全員頭に入っている。しかし彼らのことは見たことがなかった。

「すまない。エルザがどこにいるか知らないか」

「エルザァ？」

「騎士団長だよ。君たちも知ってるだろう」

俺がそう言うと、騎士たちは互いに顔を見合わせ、同時に噴き出した。

「いやあ、知らねえなあ」

「誰だ？　そいつ？」

ニヤニヤとした彼らの態度には、明らかにこちらを嘲笑する含みがあった。

見下されていた。

俺の知る騎士団の者たちとは随分と印象が違う。

傲慢というか何というか……彼らはこんな連中だっただろうか？　けれど、今はそれはどうでもいい。

「そうか。ありがとう」

会話を早々に打ち切ると、今度は冒険者ギルドを訪ねてみることにした。

建物自体は俺の知るものと変わらない。

こちらも同じく受付嬢たちの顔ぶれは、いつもと異なっていた。

アンナはもちろん、モニカやドロテアの姿も見えない。

適当な受付嬢を捉（つか）まえると、アンナのことを尋ねてみる。

「なあ、アンナはここで働いているか？」

「あなた、もしかして冒険者？」

「？　ああ、そうだが」

受付嬢はしばし逡巡（しゅんじゅん）したように視線を宙に彷徨（さまよ）わせると、

「さあ、知りませんねえ」

ここも同じだった。

絶望感が染みのように胸のうちに広がるのを感じる。

「そんなことより、ちょうど受けて貰（もら）いたい依頼があるのですけど。手が空いているのなら受注していただけると――って、あ！」

受付嬢を置き去りにして冒険者ギルドを後にした俺は、一縷（いちる）の望みをかけて魔法学園に足を運ぶことにした。

しかし学園内に入ることはできなかった。

結界が張られていたからだ。

魔法学園は外部からの侵入者を防ぐため、学園の敷地全体に結界が張られている。

教師や生徒は学園側から認証されているので弾かれない。

最初、俺がメリルの親として魔法学園に招かれた際は、イレーネが同行していたから結界の内側に入ることができた。

俺が学園内に入ろうとして弾かれたということは、学園側からすると部外者として認識されているということだ。

生徒たちも講師である俺の姿を見ても誰も気づかない。それどころか校門前に立つ俺を怪訝そうに見つめていた。

尋ねてみようとすると、その前に逃げられてしまった。

「……完全に不審者扱いだな」

強引に結界を突破することはできる。

できるのだが——そうなるともう言い訳は利かなくなる。

それに先ほどまでの反応を鑑みると、望んでいた収穫は得られないだろう。

踏み込むリスクがあまりにも大きすぎる。

魔法学園を後にした俺は、行き場をなくして広場の噴水前のベンチに座り込む。

子供たちがボール遊びに興じる楽しげな声が響いてくる。

愛犬と共に散歩している婦人や、ベンチに座って新聞を広げる老人を尻目に、俺は晴天には似つかわしくない溜息をついた。

ここは本当に王都なのか？

まるで別世界に迷い込んでしまったかのようだ。

家を失い、娘たちの消息も摑めない。頼れる仲間たちもいない。

今まで手にしていた繫がりは、全て手のひらからこぼれ落ちてしまった。深い霧の中に立ち尽くしているような心地だ。

いや、そもそもだ。もしかすると、全部幻だったのかもしれない。そんな最悪の妄想が頭をもたげてくる。

俺に娘たちなどおらず、かつての仲間たちとも再会していなかった。王都に来てからの友人たちも全員妄想の産物だった。

あの日、エンシェントドラゴンから村を守ることができなかった俺は、絶望の果てに都合のいい妄想の世界を創り上げ、そこに逃げ込んだ。

そしてようやく、長い夢から醒めたのではないか――。

そんな途方もない考えに囚われそうになっていた時だった。

「あの……大丈夫ですか？」

ふと声を掛けられた。

「先ほどからずっと俯いておられたので、具合が悪いのかと思いまして……。お医者さんを呼んできましょうか？」

　俯いていた俺の目の前に、鉄靴があった。

　これは騎士たちが履いているものだ。

　巡回中に俺の姿を見かけて、気になったから声を掛けてくれたのだろう。あるいは不審者だと思われた可能性もあるが……。

　けれど、この声、聞き覚えがあるような……。

「ああ、すまない。少し考え事をしていたんだ」

　顔を上げた俺は、はっとした。

　目の前には、鎧に身を包んだ騎士が立っていた。

　腰の高さにまで届くほどの白銀の髪。

　凛とした顔立ちに、意志の強さと優しさを秘めた瞳。

　すらりと伸びた手足。

　目が合った途端、彼女も、そして俺も互いに驚愕に目を見開いた。

「――エルザ？」

「ち、父上!?」

　そこにいたのは――ずっと捜していた長女だった。

　けれど。

　その顔立ちは俺の記憶にある、十八歳のエルザとは違っていた。

幼かった。

まるであの日、王都に旅立った時に戻ったかのように。


広場から移動した俺たちは、近くにある喫茶店に入っていた。

話し声が他のお客たちに聞こえないよう、奥の席に座る。まだ朝方にも拘(かか)わらず、店内は賑(にぎ)わいを見せていた。

「エルザ、季節限定メニューがあるらしいぞ」

俺は店のメニューを開きながら言う。

「季節のフルーツてんこ盛りパフェだそうだ。食べるか？」

「い、いえ。私は遠慮しておきます。すいーつなどという軟弱なものは、騎士である私には似つかわしくありませんので……」

エルザはそう言いながらも、他の客に運ばれていく季節のフルーツてんこ盛りパフェをちらちらと何度も見ていた。

本当は食べたくて仕方がないのだろう。

「そうか。俺は食べたいんだがな。さすがにこの量は多すぎる。注文するから、半分だけ食べてくれないか？」

「そ、そういうことでしたら」

パフェを食べる口実を与えたところで、店員さんにパフェを注文する。去っていったのを見計らってから向き直った。

「さっきの話に戻るが、その……本当なのか？　エルザが今、十五歳だというのは」

「はい。私たちが王都に来て、もう丸一年になります」

俺の記憶にあるエルザの姿より幼く見えたのは、本当に幼かったからだった。

ここは彼女たちが王都に来てから一年後の世界ということらしい。

エルザはまだ騎士団長にはなっておらず、アンナもギルドマスターではない。メリルも賢者と称されるほどの魔法使いとしては認知されていない。

道理で騎士たちはあの反応だったわけだ。

まだまだ新入りのエルザを騎士団長呼ばわりしたから、騎士団長のエルザなんて俺たちは知らないというニュアンスだったのだろう。

それにしてもだ。

「まさか過去にやってきていたとは……信じられないな」

俺は三年前の過去に飛んできていた。

自宅も手に入れていなければ、レジーナやエトラも王都には来ていない。

本来知り合いのはずの人物たちが、俺のことを知らなかったのも無理はない。そもそもまだ出会っていないのだから。

しかしなぜ過去に？　現代に戻ることはできるのか？

「私も信じられません。父上が未来から来たなんて……」

「ん？　どうした？　俺のことをじっと見て」

「い、いえ。父上は年を取っても変わらないのだなと思いまして」

そう言うエルザの目は泳いでいる。

うっすらと頬に朱が差して見えるのは気のせいだろうか？

「お待たせしました。季節のフルーツてんこ盛りパフェです♪」

店員さんがパフェを運んできてくれたので、いっしょに食べることに。

俺は自分の分を少しだけ取り分けると、残りは容器ごとエルザに譲った。彼女の目の前には色とりどりのフルーツの盛られたパフェが鎮座していた。

「父上はそれだけで良いのですか？」

「ああ、少しで充分だ。残りはエルザが食べてくれ」

「そ、そうですか。では、お言葉に甘えて……いただきますっ」

エルザはスプーンで生クリームとフルーツをすくい取ると、至福の瞬間を迎え入れるかのように口元に近づけていった。

「んんっ～！　とっても美味しいです……！」

甘味を口に含んだエルザは、頬に手をあて、恍惚とした表情を浮かべていた。見ている方も幸せになるような顔だった。

「騎士団の食堂で出される食事は基本、質素なものばかりでしたから。久々の甘味が全身に染み渡ります……！」

それはさぞ美味しく感じることだろう。

エルザは幸せそうに、山盛りあったパフェをぱくぱくと平らげていった。

「うぅ……。とうとう残り一口になってしまいました……。でも、まだ最後のお楽しみのイチゴが待っていますから」

好きなものは最後まで取っておくタイプだった。

名残惜しさを感じながら、スプーンの上に載った大好きな生クリームの絡んだイチゴを口元に運んでいった――その瞬間だった。

パクッ、と。

突如、横から飛び出してきた小さな口が、スプーンごとイチゴを頬張った。

「なぁぁぁっ――!?」

「んーっ♪　美味し～♪」

「メリル!?　どうしてここに!?」

エルザのイチゴを割り込みで奪い取った人物。

それは三女のメリルだった。

「パパの気配がしたもんだから、飛んできたんだよ～」

メリルは口元についた生クリームをぺろりと舐め取ると、唇に指をあてがい、きょとんと小首を傾げてみせた。

「でも、どうしてパパがここにいるの？　昨日は村にいたのに。もしかしてボクちゃんに会いたくてつい来ちゃったとかー？」

「………」

エルザは最後のお楽しみに取っておいたイチゴを奪い取られたことにより、あんぐりと口を開けて呆然としていた。

「わ、私のとっておきのイチゴが……」

「甘くてとっても美味しかったよ♪」

「味の感想はいりません！　返してください！」

「ぐえぇ。揺さぶらないでぇ！　き、気持ち悪くなってきた……！　固形じゃなくて液状で返すことになるぅ……！」

エルザはメリルの胸ぐらを摑むと、激しく前後に揺さぶっていた。

「まあまあ。また連れてきてやるから」

俺は二人の仲裁に入ると、エルザを宥めた。

「ち、父上がそう仰るのであれば……」

エルザの機嫌が直ったのを見計らって、メリルに尋ねる。

「それよりさっきの話だが、メリルは村にいる俺に会いに行ってたのか？」

「そうだよー。ボクちゃんは一週間に一度はパパに会わないと、パパ成分が欠如して何もできなくなっちゃうからねー」

メリルはそう言うと、

「それで昨日まで会いに行ってて、今日帰ってきたの。そしたらなんと！　王都にもパパの気配があるじゃありませんか！」

どうやらこの世界にもちゃんと俺は存在しているらしい。

史実と同じ、村で暮らしているようだ。

それは好都合だ。鉢合わせせずに済む。

俺が過去の俺と接触するのは避けたい。何が起こるか分からないからな。

「俺は俺だが、メリルが昨日会った俺とは違う」

「ほえ？　どういうこと？」

「実は三年後の世界からやってきたんだ」

「つまり、パパが二人になっちゃったってこと!?」

メリルはビックリしていた。

「じゃあ、ボクちゃんの幸せも二倍じゃん！」

そういうことになるのか？

「ねえねえ。三年後、ボクちゃんとパパはどうなってるの？　もう結婚した？　もう子供ができちゃってたりする？」

「メリル、そういったことはあまり聞かない方が……」

「エルザの言う通りだ。未来の情報を知ったら、狂いが生じる可能性がある。だから何も言うわけにはいかないな」

「ちぇーっ。けちー」

　唇を尖（とが）らせるメリルに、

「ただ一つ言えるのは」

　と俺は告げる。

「今も未来も、俺は娘を愛してるってことだ」

「か、かっくいい～！」

　メリルは黄色い声を上げた。そして俺に抱きついてくる。

「今のパパも、未来のパパも好き～♪　相思相愛だね♪」

「そうだな」

「メリル、あまり店内ではしゃいではいけませんよ」

「だって嬉（うれ）しいんだもーん」

　とメリルは悪びれる様子もない。

「ボクちゃんは甘えられる時には全力で甘えるのだ☆」

「……ぐぬぬ。羨ましいです……」

「でも嬉しいなー。パパが王都にいたら、毎日会えるし。一日二十四時間、ずっとボクといっしょにいようね♪」

「こら、パパを困らせないの」

「ぐえっ」

　その時、手刀が軽快にメリルの頭を叩いた。見ると、冒険者ギルドの制服を着たおさげ髪の少女が呆れ顔をしていた。

　理知的な面持ちが印象的な彼女は——。

「アンナ！」

「久しぶりね、パパ」

「なぜここが分かったのですか？」

「メリルから通信魔法で連絡があったの。パパが王都に来てるって。それで仕事の昼休みに抜けてきたというわけ」

　まだ顔立ちに幼さを残したアンナは、俺に尋ねてくる。

「でもパパ、どうしてまた王都に？」

「実は……」

　俺はこれまでの経緯を説明することにした。

「——なるほど。パパは三年後の未来から来たと」

「信じられないかもしれないが」

「いいえ、信じるわ。パパが言うことだもの。たとえ明日世界が終わると言われても、嘘だとは思わない」

　アンナはあっさりと受け容れてくれた。

　その様子を見ていたメリルとエルザはひそひそと囁き合う。

「アンナって頭でっかちで普段は理屈ばっかりこねてるけど、パパの言うことだけは少しも疑わずにすぐ信じるよね」

「彼女は誰よりも父上を慕っていますから」

「ぷぷ。人のこと言えないくらいファザコンだねー」

「そこ、何か言った?」

「「い、いえ!」」

　アンナは他の二人を視線で牽制（けんせい）すると、本筋に戻った。

「どうして過去に来たのか、心当たりはないの?」

「それが全く思い出せないんだ。二日酔いの時みたいに記憶が飛んでる」

「なるほど。まあ、経緯は最悪、思い出せなくとも問題はないけれど。重要なのは元の時代に戻ることだから」

「ああ、そうだな」

「メリル、あなた、パパを魔法で未来に送れたりしないの?」

「ボクちゃんは天才魔法使いだけど、それは難しいかなー」

　メリルは咥（くわ）えていたストローをぴこぴこと上下に動かしながら言った。

「時を超える魔法なんて既存の魔法体系とは全く違うだろうし、魔法式をどう組めばいいのかさっぱり分かんにゃいなー」

「メリルほどの魔法使いでも?」

「ボクほどの魔法使いでも」

　メリルはそう言うと、

「研究したらいつかは分かるかもしれないけど。その前にきっとパパが来た三年後の未来に到達しちゃうと思う」

「となると厳しそうね」

「そもそも無理してパパを現代に戻さなくても良くない？　王都にいた方がいつでも会えるしボクたちも嬉しいじゃん」

「でもその分、未来のメリルはパパがいなくて困ることになるわよ？」

「あ、そっか！」

　そのことに思い至ったメリルは、意見を翻すのかと思いきや――。

「でもボクは好きなものは最初に食べるタイプだからねー。今さえ楽しければ、後のことは全然考えないのだ♪」

「自慢げに言うことじゃない」

　アンナは呆れ顔で肩を竦めた。

「現状、パパが元いた世界に戻る方法として考えられるのは二つ。過去に飛ばされた原因を突き止めてそれを利用するか、もしくは、たとえば時を超える魔法みたいに原因以外の時間跳躍の方法を探し出して強引に戻るか」

　確かにそのあたりが妥当だろう。

「取り敢（あ）えず、後者に関しては私も調べてみるわ」

「すまない。助かる」

　俺一人では調べられる範囲は限られる。

　なるだけ過去に干渉することは避けたいし、そうするとあまり派手には動けない。人手があった方がありがたい。

「パパはこれからどうするの？」

「帰る方法を探すためにも、王都に滞在するつもりだ」

「やったー♪」

　メリルは万歳して喜びを露（あら）わにしていた。

「ねえパパ、ボクちゃんの家に来てよ。二人の愛の巣にしちゃお♪」

「メリルは今どこに住んでるんだ？」

「魔法学園の寮だよ。特待生だから家賃やその他諸々（もろもろ）の費用は全部無料！　ご飯も食堂に行けば出るから無一文でも問題なし！」

　メリルはそう言うと、

「まあ、パパの作るご飯には負けるけどねー」

　ファザコン全開の台詞（せりふ）を付け加えた。

　しかし、まんざらでもないのだから俺も大概だ。

「だとすると、厄介になるわけにはいかないな」

「どうして？」

「寮には学生がたくさん住んでるんだろう？　そんなところに俺が同居してたら、明らかに浮いてしまう」

「そもそも魔法学園の寮は単身しかダメよ」

アンナが補足するように言った。

まあ学生寮だし、それはそうだろう。

「エルザも同じような環境でしょう？」

「はい。私が住んでいる騎士団の寮も単身のみです」

「それなら無理だな」

「じゃあ、その、私の家に住む？」

アンナは前髪を指先でくるくると巻きながら、恥じらい交じりに言った。

「え？」

「冒険者ギルドの傍のアパートに住んでるんだけど。そこは同棲しても問題ないし。立地的にも便利だから良いと思うけど」

こほん、と咳払いをすると、

「今まで家には誰も上げたことがないけど。パパなら全然ＯＫだし」

「アンナ、ズルっ！　抜け駆けじゃん！」

「ここぞとばかりにアピールしています……！　先ほどの私への質問は、この提案をするための前フリだったのですね……！」

「ふふん。これが私とあなたたちの待遇の差よ」

恨めしそうに見つめるメリルとエルザに、勝ち誇った表情を浮かべるアンナ。

しかし――。

「いや、申し出はありがたいが遠慮しておくよ」

俺はやんわりと断った。

「……どうして？」

「娘たちの世話になるわけにはいかないし。本来するはずのなかった同居をしたら、未来に影響が出るかもしれない」

「確かに……その懸念はあるかもね」

「だから、俺は適当に宿にでも泊まるよ」

「そう……？　でも宿に滞在し続けるって、結構お金がかかるけど。パパ、持ち合わせは大丈夫なの？」

「心配するな。ちゃんとあるから」

実際にはそんなことはなかったのだが。

娘たちに余計な心配を掛けるわけにはいかない。

まあ、俺一人ならどうにでもなるだろう。

そして過去の王都での暮らしが始まった。

娘たちはそれぞれ自分の職場に戻っていった。

エルザは騎士団に、アンナは冒険者ギルドに、メリルは魔法学園に。

彼女たちには彼女たちの暮らしがあるのだ。

そして俺は、王都を当てもなく彷徨（さまよ）い歩いていた。

さっきはどうにでもなるとは言ってみたものの——現実は中々に厳しい。

まず持ち合わせが皆無だった。

現代においては多少の蓄えは持っていたものの、過去に飛ばされた俺は完全に一文無しの状態に置かれていた。

なら何か仕事をして日銭を稼げばいい。

現代にいた頃、俺は様々な仕事を掛け持ちしていた。

騎士団の教官に冒険者、魔法学園の講師、姫様の家庭教師——けれど、それらはいずれも娘たちの縁から繋（つな）がったものだ。

今の時点で行うことはできない。

唯一、冒険者だけは現時点でも資格を有しているが、カイゼルとしての活動履歴を残すと未来に何か影響があるかもしれない。

控えた方が無難だろう。

そして他の仕事を探そうにも、住所不定、おまけに素性も明かせないとなると、雇って貰うのは極めて難しそうだ。

「うーん。このままだと野宿をするはめになるな……」

しかし娘たちに頼るわけにはいかない。

未来に影響があるとか、そういうことではなくて。

これは単純に親としての意地だ。

――日雇いの肉体労働なら、素性を明かさなくても働けるだろうか？　取り敢えず炭鉱の仕事にでも応募してみるか……。

俺が思案を巡らせながら歩いていた時だった。

「あひゃあああああ!?」

意識を現実に引き戻すかのように、背後からか細い悲鳴が聞こえてきた。

弾かれたように振り返ると、目の前には色彩が飛び込んできた。

赤、黄、桃色。

色とりどりの果物たちが、勢いよく坂を転がり落ちてきていた。

坂の上には倒れ込む女性の姿があり、「あわわ……！」とテンパりながら転がり落ちる果物たちに向かって手のひらを伸ばしていた。

俺はこちらに向かってくる果物たちの前に立ちはだかると、後ろに転がっていかないよう次々と果物を受け止める。

ある時は腕を使って止め、ある時は足を伸ばして止めた。中には窪みに当たって高らかに跳ねた果物もあったが、即座に反応した。

自分で言うのも何だが、名キーパーのようだった。

全ての果物たちを止めきった後、ほっと一息ついていると、坂の上に倒れていた女性が慌てた様子でこちらに駆けつけてきた。

「あああ、ありがとうございました！」

ペコペコと過剰なほどに頭を下げてくる。

厚手のカーディガンを着た、物静かな雰囲気の女性だった。

カラスの濡れ羽のような長い黒髪が右目を覆い隠している。癖っ毛なのか、一本だけ髪がぴょこんと跳ね出していた。

「この度は私の不注意で大変なご迷惑をお掛けいたしました……！　いったい何とお礼を言っていいものやら……！」

恐縮しきっているのか、実際の背丈以上に縮こまって見える。

「いえ。気にしないでください」

俺がそう微笑みかけると、濡れ羽色の髪の女性は驚いたような表情を浮かべ、恐る恐るというふうに質問を投げかけてきた。

「あ、あのっ！　あなたはもしかして、名高い聖職者の方ですか……？」

「え？　どうしてです？」

「私なんぞに優しくしてくださる慈悲深い心をお持ちの方ですから……。てっきり高名な

聖職者の方なのかなと……」

「いえ。別にそういうわけでは」

「そ、そうなんですか？　じゃあどうして……」

濡れ羽色の髪の女性はしばらくもじもじと思案に耽(ふけ)ったかと思うと、

「――はっ⁉」

と突如、何かに思い至ったかのように目を見開いた。

「ももも、もしかして、私のことが好き――とか⁉」

「はい？」

「すすす、すみません！　そんなわけありませんよね！　思い上がりました！　今すぐ頭をかち割って記憶を消します！」

「お、落ち着いてください」

俺は足下のレンガを拾い上げようとした女性を制する。

何だか賑(にぎ)やかで面白い人だ。

しかし、このまま放っておいたらまた暴走し始めてしまうかもしれないと思い、話題を変えることにした。

「しかし、随分な量の果物を買い込んだんですね」

拾った果物の量は膨大だった。

大きめの袋からはみ出るくらいにある。

「こ、これはですね。本当は一個だけ買うつもりだったんですけど。店員さんに次から次に勧められて断れなくて……」

濡れ羽色の髪の女性は、両手の指をつんつんと合わせると、

「気づいたら山盛り買うことに……」

断れないのを良いことに、どうやらカモにされてしまったようだ。

「おかげで文無しになりました……ふひひ」

「それは何というか、災難でしたね」

「い、いえ！　身から出た錆と言いますか！　断れなかった私が悪いので！　然るべき罰を受けたに過ぎませせぬ！」

濡れ羽色の髪の女性は両手をバタバタと動かして弁明すると、再度、俺に対して深々と頭を下げてきた。

「それよりお時間を取らせてしまいすみませんでした」

「気にしないでください。仕事を探してる途中で、暇を持て余してたので」

「無職……なんですか？」

「その上、宿無しです。恥ずかしい話ですが」

濡れ羽色の髪の女性は俺の言葉を聞くと、ぽっと頬を赤らめた。

「す、少しだけ親近感……うへへ」

どこか嬉しそうに見えるのは気のせいだろうか？

「それじゃ、俺はこれで」

「ま、待ってください！」

濡れ羽色の髪の女性は俺を呼び止めてきた。

「で、でしたら、うちに泊まりませんか!?」

「え？」

「あ、これはその、大胆なお誘いとかそういうわけではなく！　そもそも、自分の魅力のなさは弁えておりますので……！」

大げさな身振り手振りと共に弁明をすると、

「じ、実は私、宿を営んでおりまして……！」

「そうなんですか」

自分の経営する宿に泊まらないかということか。

けれど、何だか意外だった。

彼女の人柄と、宿屋の経営者のイメージが合わないように思えたからだ。

「お誘いはありがたいんですが、持ち合わせがなくて」

「か、構いません！　助けていただいたお礼もまだできていませんし……！　ぜひ恩返しをさせてください！」

濡れ羽色の髪の女性は喰い気味にそう迫ってきた。

圧が凄い。

テンションの乱高下が激しすぎる。

「じゃ、じゃあ、一晩だけお世話になろうかな……」

「ぜ、ぜひ！」

こうして俺は助けた女性の営む宿屋に世話になることになった。


濡れ羽色の髪の女性——彼女はリズベスと名乗った。

年齢は二十代後半。

元々は別の街に住んでいたのだが、最近、王都に越してきたのだと言う。そして宿屋を営むことにしたのだそうだ。

王都の閑静な路地の一角にその宿はあった。

レンガ造りの四階建て。

一階は受付と食堂兼リビングになっており、二階以降が客間として使われている。俺は二階の空き部屋に泊めて貰うことに。

内装はベッドに鏡台、机に椅子が設えられていた。綺麗な部屋だった。

部屋でしばらく休んでいると、扉が控えめにノックされた。開けると、リズベスさんが大量のカットした果物を載せたお皿を持って現れた。

「よ、よろしければどうぞ……」

「さっき運んでた果物ですね」

「あっ。私が切ったものはイヤでしたか……!?　でしたら切る前のもあるのでそちらを召し上がって貰えれば……！」

「いえ、全然そんなことは。いただきます」

　俺はお皿の上に載せられた果物を見やる。

　ただざっくばらんに切るだけでなく、ウサギの形に切られているものもあれば、花の形に切られたものもあった。

「リズベスさんは手先が器用なんですね」

「ぜ、全然そんなことありませんよ。うへへ……」

　リズベスさんはぎこちない笑みを浮かべながら、照れ臭そうに後頭部を掻いていた。

　褒められ慣れていないのかもしれない。

　ただ、アホ毛がぴょこぴょこと嬉しそうに動いていた。

「わ、私なんかを褒めてくれるなんて、カイゼルさんはとても良い人……！　やっぱり私のこと好きなのでは……？」

　何やらぶつぶつと呟いていた。

「な、何か他に食べたいものがあれば言ってください。すぐに買ってきますので。パシリはお任せください……！」

「宿で出すんじゃなくて、外で買ってくるんですね」

「そ、それともお風呂でお背中流しましょうか……！　ご希望とあらば、私の身体で洗体することも辞しませぬ……」

　何やらとんでもない提案までしてきた！

「そんなに色々として貰わなくて大丈夫ですから！」

　俺は申し出を全て固辞した。

「す、すみません。また一人で舞い上がってしまって……。頑張っておもてなしをせねばと思いまして……」

　リズベスさんはしゅんと反省した様子でそう言うと、次の瞬間、思わず耳を疑うような言葉を口にした。

「何と言っても、記念すべき一人目のお客さんですから」

「え？　一人目？」

「は、はい……」

　俺はしばし固まった後、彼女に尋ねた。

「この宿を始めたのは昨日からとかですか？」

「せ、先月からです」

「…………」

　一ヶ月間、お客さんが一人も来なかった？

　呆然（ぼうぜん）とする俺の様子を見てマズいと思ったのか、リズベスさんは慌てて身振り手振りを交えながら弁明をし始めた。

「で、でも！　あれですよ!?　宿に何か曰くがあったとかではなく、お客さんは実際に何人か来てくださったんですけど、私が人見知りすぎて受付に出られないでいたら、その間に痺れを切らして出ていっただけです！」

「より悪いような……」

いつまで経っても誰も受付に現れなかったら、さすがに来てくれたお客さんも諦めて宿を後にすることだろう。

「というか、そんなに人見知りするのにどうして宿を……」

「む、昔からずっと、引っ込み思案な性格だったんです。人と距離を置いて、ずっと家に引きこもるばかりの生活をしていて……」

リズベスさんは卑屈に縮こまりながら、両手の指先をつんつくと合わせる。

「だ、だけどこのままじゃダメだと思って、そんな自分を変えたくて――もっとちゃんと人と関わって生きようと」

「それでいきなり宿を開いたんですか？」

俺はその思考の飛躍っぷりに驚いた。

「普通に接客の仕事を始めるとかでも良かったのでは」

「それだと他の従業員の人たちといっしょに働かないといけないので……。そうなると私は絶対輪に入れずにボコボコにされます」

ボコボコにはされないと思うが……。

「それでまあ、自分で宿を開いたら他の従業員の人たちと話さなくていいし、楽でいいかなと思いまして……」

「それでいきなり宿を開いたと。思い切りがいいですね」

常人にはとてもできない。

他の従業員と話したくないという一念でここまで行動を起こせるのは、上手く嵌まれば大物になれそうな気もする。

しかし――。

「あの、失礼かもしれませんが、経営は大丈夫なんですか？」

一ヶ月に一人しか宿泊客が来ない宿屋だ。

とてもやっていけているとは思えないが……。

「だ、大丈夫です……」

リズベスさんは気丈にそう呟いた。

「借金をして宿を開いたんですけど、もし返済することができなくても、担保にした私の臓器が持っていかれるだけなので……」

「全然大丈夫じゃない！」

しっかりリスクを負っていた！

「その方が言うには、身体には必要ない臓器がいくつかあるみたいなので、そういうのを根こそぎ貰っていくと」

「必要ない臓器なんてありませんよ！」

人体の精密さを舐めるな！

「でも、私なんかの臓器でも担保にするほどの価値があるって分かった時は、ちょっぴり嬉しい気持ちになりました……！」

リズベスさんは「ふひっ」と笑みを漏らした。

「…………」

この人、自分に自信がなさすぎるだろ。


その日の夜は、リズベスさんの宿で過ごした。

そして翌朝。

俺が部屋を出て一階のリビングに下りると、影のようにぬうっと現れたリズベスさんがおずおずと尋ねてきた。

「昨晩はよく休めましたか……？」

「ええ。おかげさまでぐっすりと眠れました」

「そ、それは良かったです」

リズベスさんはほっと胸をなで下ろした。

「一晩中、カイゼルさんが快眠できるよう祈禱した甲斐がありました」

「…………」

そんなことしてくれてたのか。

中々に重いな。

「……あ、カイゼルさんが快眠って何かちょっとダジャレっぽい。ふひっ」

リズベスさんは自分で言ったことがツボに入って笑っていたが、俺に見られていることに気づくとはっと我に返った。

「……きょ、今日はどう過ごされる予定ですか？」

「取り敢えず、仕事を探そうかなと」

「そ、そうですか。お仕事を……」

なぜかしょんぼりとするリズベスさん。

どこか残念そうに見えるのは気のせいだろうか？

「よ、よければ今日も泊まっていってください。今日と言わず好きなだけ。どうせ部屋は空いていますから……」

「お言葉はありがたいですけど、さすがに悪いですよ」

俺たちがそんな会話をしていた時だった。

宿の扉が開け放たれた。

「すみませーん。今日、宿泊できますか？」

現れたのは若い女性だった。

どうやら宿泊客らしい。

王都に観光にでも来たのだろうか。大きな荷物を抱えていた。

「……うひぃえぇぇ!?」

リズベスさんは突如やってきた宿泊客にびっくりして、人間に見つかった時の虫みたいにささっと俺の背後に隠れてしまう。

「リズベスさん、対応しないと」

「……むむむ、無理です」

完全に人見知りが発動していた。

「俺とは普通に話せてたじゃないですか」

「か、カイゼルさんはその、無職ですから」とリズベスさんは言った。「無職の人には私も親近感が湧くので……」

「良い性格してますね……」

だから俺が仕事を探すのを残念がってたのか。

彼女にとっては、有職者は遠い存在だから。

「このままあの人を待たせるわけにもいかないしな……。あの、リズベスさん、よければ俺が代わりに受付してきましょうか」

「……！　（こくこく）」

救いの手を差し伸べられ、リズベスさんはぱあっと表情を輝かせると、ぜひとばかりに激しく首を縦に動かした。

俺はやれやれと受付で待っていた女性客の下に向かう。

「お待たせいたしました。私が承ります。宿泊期間はいかがなされますか？」

「んーと、二泊しようかなって」

「承知いたしました」

宿の設備は全て頭の中に入っている。

それらを全て説明した後、受付で管理していた部屋の鍵を渡した。

「こちらが部屋の鍵となります。チェックアウトは明後日の午前十時ですので、その際に受付に鍵を返却してください」

「はーい」

「お荷物、部屋までお持ちしますよ」

「わ！　ありがとうございます！」

俺は二階の部屋まで荷物を運んであげた。

女性客からのお礼の言葉を受け取ると、俺は一階のリビング、その隅の方にひっそりと佇んでいたリズベスさんの下に戻る。

「案内してきました」

「……す、凄い」

リズベスさんは驚嘆していた。

「カイゼルさん、接客のプロじゃないですか……」

「まああれくらいは」

「て、天賦の才だと思います。もしや受付をするために生まれてきたのでは……？」

「才能の範囲、めちゃくちゃ限定的ですね」

どうせなら接客全般とかにして欲しかった。

「あ、あのっ……！　この宿で働いていただけませんか……!?」

「え？」

「お、お仕事、探してるんですよね？」

「それはまあ」

「も、もちろんお給料はお支払いします。いくらでも泊まってください。私にできることは何でもしますから……！」

途中で言葉を途切れさせながらも、熱っぽく語りかけてくる。

「ど、どうか私を助けてください……！」

まだほんの短い付き合いだが、リズベスさんが引っ込み思案な性格だということは痛いほどに伝わってくる。

そんな彼女が勇気を振り絞って助けを求めてきた。

「確かに住み込みで働けば、宿代も浮くし……」

食費分だけ稼げば生活はしていける。

過去で余分なお金を稼いでも仕方ない。

それに——リズベスさんのことを放っておくのも忍びない。

さっきの人見知りぶりを見る限り、このままだと宿は閑古鳥が鳴いたまま、いずれ臓器を手放すことにもなりかねない。

彼女には泊めて貰った恩もある。できることがあるのなら、協力してあげたい。

「分かりました。ここで働かせて貰います」

そう言うと、俺はリズベスさんに手を差し出した。

「この宿をいっしょに繁盛させましょう」

「……は、はひ」

リズベスさんはおずおずとその手に触れてくる。

こうして俺は住み込みで働くことになったのだった。

第二話

三年前の過去に飛ばされてきた俺は、現代に戻る手段を探す傍ら、リズベスさんの宿屋に住み込みで働くことになった。

リズベスさんは借金を背負ってこの宿を開いた。

期限内に返済できなければ、担保にした臓器を代償として支払う羽目になる。

閑古鳥を鳴かせている場合じゃない。

一刻も早く宿を繁盛させなければ。

この宿には色々と改善の余地が見受けられたのだが、取り敢えずできるところから順番に着手していくことに。

具体的にはまず宿の名前だ。

というのも、住み込みとして働くことが決まった後、俺はリズベスさんにこの宿の名前を尋ねてみたことがあった。

「そういえば、この宿って名前はあるんですか？」

「は、はい。血に飢えた魔獣たちの隠れ家です」

「え？」

「血に飢えた魔獣たちの隠れ家です」

リズベスさんはそう言うと、

「三日三晩掛けて考えた名前なんですけど。……か、格好良くないですか?」

どこか自信ありげにふひっと笑みを漏らした。

「いやまあ、格好良いかもしれないですけど」

一応前置きをした後に続ける。

「宿屋につけるにはちょっと物騒すぎるかなと。血に飢えた魔獣の要素ないですし。お客さんも入りにくいと思います」

名前だけで敬遠されてしまいかねない。

この名前が刺さる人たちにとっても、内装自体は普通の宿なので、求めている世界観を提供することはできないだろう。

現状の名前のままでは何も良いことはない。

「取り敢えず名前は変えましょう」

「……そ、そうですか。分かりました」

リズベスさんは残念そうだったが、納得はしてくれているようだった。

こうして宿の名前を変えることにしたのだが……。

俺はネーミングセンスに自信があるわけじゃない。独断で決めるのは危険だ。他の人の意見も積極的に取り入れていきたい。

そこで助っ人(すけと)を呼ぶことにした。

日が暮れる頃に宿屋の扉が開き、彼女たちがやってきた。

「父上、招集に応じ、馳せ参じました」

「パパが私たちに頼みがあるなんて珍しいわね」

「皆、勢揃いだねー」

現れたのはエルザにアンナ、メリル——俺の娘たちだった。

「悪いな、皆。忙しいのに」

「いえ。父上がお呼びとあらば」

「今日は仕事も早めに終わったし」

「ボクちゃんはパパに会えるなら、世界の果てでも飛んでいくよん♪」

俺たちがそんなふうに会話しているときだった。

ふと気配が消えたと思って辺りを見回すと、リズベスさんはリビングに置かれた机の下に身を潜めていた。

びくびくしながらこちらの様子を窺っている。

「……どど、どなたでしょう……？」

「彼女たちは俺の娘です。王都でそれぞれ暮らしています。他の人の意見もあった方がいいかなと思って呼びました」

二人だと思考の幅も狭くなる。

娘たちにもそれぞれアイデアを出して貰って、良さそうなものがあればそれを採用させて貰おうという魂胆だった。

「……か、カイゼルさん、子持ちだったんですね」

「ええ、まあ」

「……ど、独身だと思って勝手に親近感を抱いてました……。カイゼルさんみたいに素敵な人がそんなわけないですよね」

「あれ？　何か距離ができてませんか？」

やけに遠ざかってしまっている。

「……しょ、所帯を持つことができるのは強者の証ですから。これからはカイゼル様とお呼びさせていただきますね」

「いや、そんなにへりくだらなくとも」

「……これから私のことはウジ虫とお呼びください……」

「呼びませんよ!?」

いくら何でも卑屈が過ぎる！

「……カイゼル様みたいに素敵な人の奥様は、きっと素敵な人なんでしょうね。私なんかとは比べ物にならないくらいに……」

「いませんけど」

「え？」

「娘たちは俺一人で育てましたから」

「……カイゼルさん、バツイチだったんですね」

「あ、ちょっと距離が近づいた」

呼び名も元に戻ってるし。

リズベスさんは俺がバツイチだと知ると（実際はそもそも結婚していないが）、親近感を抱いたようだった。

わざわざ訂正する必要もないし、このままにしておくか。

「それでパパ、頼みたいことって言うのは？」

「ああ、そのことなんだが」

俺は娘たちに事情を話した。

この宿に住み込みで働くことになったこと。

閑古鳥が鳴いており、繁盛させるために策を講じようとしていること。

手始めに宿の名前を変えようとしていること。

そのために皆からアイデアを募りたいと考えていることを。

「なるほど、宿の名前ですか」

エルザはふむと顎に手をあてながら言った。

「ねーみんぐせんすに自信があるわけではありませんが……。他ならぬ父上の頼み、私も力になりたいです」

「そうね。良い気分転換になりそうだし」

「ボクも協力するよん♪」

俺たちは会議をするため、リビングのテーブルにそれぞれ座った。リズベスさんも恐縮しながらも隅の方に座っていた。

娘たちはリズベスさんに自己紹介をし、リズベスさんも同様に名乗る。それを見届けたところで俺は切り出した。

「よし。じゃあ早速、案を募りたいと思う」

「ちょっと待って。名前を変えようとしてるってことは、元の名前があるのよね？　それも一応聞かせて貰えるかしら」

「それもそうだな」

俺は頷くと、視線を向ける。「リズベスさん、お願いします」

「うひゃ!?　わ、私ですか!?」

「名付け親ですから」

その場にいた全員の視線がリズベスさんに集まった。

リズベスさんは「ひえっ……！」と気圧されながら、両手の指を合わせつつ、目を虚空に泳がせておずおずと呟いた。

「ち、血に飢えた魔獣たちの隠れ家……です」

「え？」

「血に飢えた魔獣たちの隠れ家……です」

リズベスさんは言い終えた後、沈黙に耐えきれなくなったのか、「ふひっ」と自虐するように笑い声を漏らした。

「これは何というか……」

「中二っぽーいー♪」

「い、生きててスミマセン!!」

「え？　そうですか？　私は格好良くて良いと思いましたが」

エルザが擁護するようにそう言った。

「血に飢えた魔獣たちの隠れ家――そそる響きです」

どうやら刺さったようだった。

「……え、エルザさん、良い人……！」

リズベスさんは自らの感性を認められ、感激していた。

アンナは肩を竦めると、苦笑を漏らした。

「エルザ、そういえば村にいた頃、よく必殺技とか考えてたものね。何だっけ？　ただの袈裟斬りに大層な名前をつけてたでしょう？」

「冥煉獄魔翔　焔神滅斬ですね」

「はい？」

「冥煉獄魔翔　焔神滅斬です」

「めちゃくちゃ滑舌良いな」

「どや顔なのが腹立つわね」

　エルザは胸を張り、どこか誇らしげだった。

　俺は話を元に戻す。

「当初の名前は宿に付けるには物騒だし、血に飢えた魔獣たちの要素もないしなってことで変更する運びになったんだ」

「まあ妥当ね」

「それで名前を変えようってことになったんだが」

と言った。

「取り敢(あ)えず、順番に案を出していこうか。エルザ、どうだ？」

「そうですね……」

　エルザはしばし考え込むと。

「黒薔薇亭夢幻華殿(こくばりていむげんかでん)はどうでしょうか」

「こくば……なんだって？」

「黒薔薇亭夢幻華殿(こくばりていむげんかでん)です」

「暗黒世界の落語家？」

「指ぬきグローブ着けてそう」

「あれ!?　ダメでしたか!?」

「いやまあ、さっきの流れを踏まえるとそうなるかなとは思ったけど。予想してた通りの出力が行われてきたわね」とアンナが言う。

「……わ、私は格好良いと思いました」

リズベスさんはエルザを擁護するように呟いた。

「……す、好きです。エルザさんの案」

「リズベスさん……！」

互いに小さく親指を立て合う二人。

通じ合うものがあるのかもしれない。

「名前は格好良いけど、これも宿の雰囲気にはちょっと合わなそうだな。それに読むのが難しすぎる」

残念だが、ボツにすることに。

「メリルはどうだ？」

「んーとね。ズコバコヌルヌルホテル！」

「一気に偏差値が下がったな」

「ラブホテルじゃないんだから」

呆れ顔のアンナ。

「ラブホテルとは何ですか？」

「エルザは知らなくていいの」

「むー。ラブホテルに見えなかったらいいんだ？」

「まあそうね」

「じゃあ、最初の『血に飢えた魔獣たちの隠れ家』と組み合わせて、ズコバコヌルヌルの隠れ家にするのはどお？」

「粘液系の魔物の巣みたいだ」

「物理ではなく、魔法で挑みたいですね」

「いや、ラブホテルっぽく見えてるの、ホテルの部分のせいじゃなくてズコバコヌルヌルの部分だから。そこを変えないと」

「えー。ズコバコヌルヌルは外せないー」

メリルは不満そうに頬を膨らませる。

あっさりとボツにされることに。

しかしメリルが独特のネーミングセンスを持っていることは分かった。その感性は大事にして欲しい。

「アンナはどうだ？」

「んー。私もネーミングセンスに自信があるわけじゃないけど……。シンプルにリズベスの宿で良いんじゃない？」

「確かに奇をてらうよりは分かりやすくて良いかもしれない」

一目見れば宿だと分かるだろうし。

「しかし少々味気なくありませんか？」

「もっとセンスが欲しいー！」

　エルザとメリルからは異論の声が上がった。

「……わ、私もその名前はちょっと」

　リズベスさんもおずおずと手を挙げる。

「……私なんかの名前を宿の名前に付けるのはおこがましいというか、お客さんのお目を汚してしまうのではないかと」

　別角度の意見だった。

「……そ、それに恥ずかしいです」

　そうだった。

　彼女は引っ込み思案なのだった。

「まあ、リズベスの宿っていうのは削ぎ落としすぎたかも。これをもうちょっとおしゃれに言い換えたら……」

　アンナは顎に手を置き、思案に入る。そして俺たちに尋ねてくる。

「リズベスさんから連想されるイメージは？」

「そうだなあ。物静か？」

「どことなく儚い雰囲気がありますよね」

「妖精みたいだねー」

　メリルの意見を聞いた時、ぴんと来た。

「じゃあ、妖精の隠れ家はどうだ?」

と俺は提案した。

「リズベスさんの最初の案の一部と彼女の印象を組み合わせた」

「いいんじゃないかしら。宿屋ってことも伝わるし」

「風情もありますね」

エルザも頷いた。

「個人的にはもう一押ししたいところではありますが……」

「パパの意見にさんせーい」

概(おおむ)ね好評のようだった。

「よ、妖精だなんてそんな良いものでは……」

リズベスさんは謙遜するように言った。

「……わ、私はそんな上等な者ではありませんので。せ、精々、根暗陰キャブスの隠れ家がお似合いかなと……」

「一気に台無しになった」

「情感ゼロ」

「自分に自信がなさすぎるでしょ」

俺たちはリズベスさんを懸命に説得した。

そして――。

最終的に『妖精の隠れ家』に決まったのだった。

宿の名前が決まったので、次は看板メニューを作ることに。

繁盛させるには他にはない目玉が必要になる。

それには料理が良いだろうということになった。

「リズベスさんは料理はできますか？」

「……か、簡単なものであれば。でも、他の人に振る舞ったことはないので、味の保証はできないですけど……」

「え？　この宿、料理も出してるのよね？」とアンナが尋ねる。

「……は、はい、一応は」

「他の人に振る舞ったことはないってどういうこと？」

「……カイゼルさんが初めてのお客さんだったので」

「…………」

アンナは絶句していた。

俺が来るまでは誰もお客さんがいなかった。

その事実は衝撃的だったのだろう。

俺は場を取りなすように尋ねる。

「ちなみにリズベスさんの得意料理は？」

「や、野菜炒め、とか。即席麺をゆでたりとか」

リズベスさんは指折り数えながら、たどたどしく料理名を挙げていく。

「あ、あとは炒飯です」

「男子学生の一人暮らし？」

「でもボクよりは全然料理できるね」

「メリルは自分では全く料理しませんからね」

ともかく宿としてはそれだけでは心許ない。

レパートリーを増やす必要がありそうだ。

「何か良いメニューはあるだろうか……」

「わざわざ開発しなくても、手持ちのレシピを使えばいいんじゃない？」

とアンナが提案してきた。

「たとえばシチューとか」

「それはいいですね。父上のシチューは絶品ですから」とエルザも同調する。「お店でも充分通用すると思います」

「さんせー！　ボクたちも食べに来られるし♪」

「それならアップルパイも欲しいところね」

わいわいと盛り上がる娘たち。

俺の作るシチューやアップルパイは村にいた頃から娘たちだけじゃなく、村の人たちにも好評を博していた。

　出してみるのもいいかもしれない。

「よし。ならそれにするか」

　取り敢えずの方針は決定した。

　シチューとアップルパイをメニューに加えることに。

「となると、材料を仕入れる必要があるが……」

　市場で買うには資金が足りない。

「どうにか安価で手に入らないものかな……」

　宿は借金を背負っていることもある。

　できるだけ食材を仕入れるコストは抑えたい。

「や、野菜と果物なら無料で手に入ると思います」

　リズベスさんが控えめに手を挙げながら言った。

「え？」

「い、一応、ツテがあるので」

　人見知りの彼女にそんなツテがあったとは。何だか意外だった。けれど、無料で手に入るのならありがたい。

「分かりました。任せます」

　俺はリズベスさんにそう言うと、続けた。

「肉は俺が狩りをして手に入れてきます」

「か、狩りですか？」

リズベスさんは目を丸くした。

「ええ。王都の周辺の森には食用の魔物が生息していますから。シチューの肉に使う用の魔物を狩ってきます」

「……あ、危ないのでは……？」

「一応、腕に多少の覚えはありますから」

「パパはすっごく強いからねー♪」

メリルはそう言うと、俺にむぎゅっと抱きついてくる。

「決まりね」とアンナが言った。「リズベスさんが野菜と果物を仕入れてきて、パパが狩りで肉を仕入れてくる」

「で、ボクたちができた料理を美味しく食べる♪」

「違いますからね？　宿で出すためですから」

エルザが釘を刺していた。


王都の西側に広がる森林。

鬱蒼と茂るその森には、多数の魔物が生息している。

とは言え、脅威になるような強力な個体はほとんどおらず、魔物たちが生息圏の森から出ることもないので、王都の人々にとっても危険性はない。

俺は森に向かう道を歩いていた。

「エルザ、騎士団の仕事は大丈夫なのか？」

「はい。午後は非番ですから」

隣を歩いていたエルザがそう言った。

「それに久々に父上の戦う姿を見られる貴重な機会です」

「良いところを見せられればいいが」

苦笑しながらしばらく行くと、森林に辿り着いた。

頭上を木々の葉が覆い、陽の光がまばらに地表に降り注いでいる。空気が澄み、海の底のような静謐さに満ちていた。

苔むした土を踏みしめながら奥地に向かう。

途中、魔物のものと思しき足跡を見かけた。その跡を追いかけていく。やがて木々の間から大きな背中が見えた。

「あれは……」

「ハンマーボアだな」

巨大な体軀をした豚の魔物。

額が異常に発達しており、鉄板のように四角く広がっている。

勢いよく獲物に突進し、肥大化した額で獲物を圧殺する。その強度は相当なもので、剣や槍をへし折ってしまうほど。

手強い魔物だ。

「ハンマーボアの肉はよく引き締まっていて、臭みも少ない。シチューの具材にするのにはうってつけだろう」

俺はそう言うと、

「エルザ、やってみるか」

「は、はい」

エルザは小さく息をつき、表情を引き締めると、茂みから踏み出た。

ハンマーボアは音に反応して振り返り、エルザの姿を認めると、顔に刻まれていた深い皺をより一層深めた。目に攻撃的な光が宿る。

「ブモモオオオ!!」

高らかに雄叫びを上げると、蹄で土を蹴り、突進してきた。

速い——。

エルザは咄嗟の判断で横に飛び、ハンマーボアの突進を避けた。勢いよく放たれた巨体は大木の幹に直撃する。

ミシミシミシ……。

樹齢数百年は下らないであろう大木が、張り裂けるような音と共に倒れていった。腹の底に地鳴りが響いた。

とんでもない破壊力。

手練れの冒険者であっても、油断すれば足を掬われかねない。

「ブモモオオオ!!」

ハンマーボアはすぐに振り返ると、再びエルザに向かって駆けた。

突撃を喰らう寸前——射線上にいたエルザは高らかに跳躍すると、ハンマーボアの頭頂部に振りかぶった剣を叩き込んだ。

「ブモッ……!?」

額と比べると、頭頂部の防御力は低い。

ハンマーボアは呻き声を上げながら、勢い余って大木に突っ込む。効いているのか、先ほどのようにすぐに切り返しはしない。

そこに生まれた隙。

エルザは背後からの一撃をお見舞いした。

それがトドメになった。

ハンマーボアは地を這うような声と共に、巨体を沈ませた。

「……ふう」

エルザは息をつくと、剣を腰に差していた鞘に納めた。振り返ると、ちょっとの不安と期待を滲ませながら尋ねてくる。

「父上、いかがでしたでしょうか?」

「良い戦いぶりだったな」

俺はエルザの下に歩み寄ると、肩に手を置いた。

「村にいた時よりも、ずっと剣が冴(さ)えていた。王都に来てからも、サボらずに厳しい鍛錬を欠かさなかった証拠だ」

「ありがとうございます！」

エルザは顔をほころばせ、嬉(うれ)しそうだった。

「俺たちだけで食べるのにはこいつで充分足りるが。宿で出すことを考えると、もう一匹は仕留めておきたいな」

その時だった。周囲に気配が生じた。

今の戦闘の音を聞きつけてきたのだろう。茂みを掻(か)き分け、別個体のハンマーボアが姿を現した。

鼻息を荒くし、やる気満々だ。

次の瞬間にも突進してきそうな生きの良さがある。

「ちょうどおあつらえ向きだな」

俺はエルザを後ろに控えさせると、ハンマーボアに相対する。

「今度は俺が相手になろう」

エルザは後方からカイゼルの戦いを見守っていた。

――父上の戦いを見るのは久しぶりです。

エルザが王都に来てしばらく経つが、カイゼルを凌ぐような腕を持った剣士は、王都中のどこにも存在しなかった。

今目の前にいるカイゼルは、三年後の未来からやってきたという。

いったいどんな戦いが見られるのかと楽しみだった。

しかし僅かに不安もあった。

もし自分の知る父の剣より、未来の父の剣が衰えていたら――。もし自分よりも剣の腕が劣るようになっていたら――。

期待と不安を入り交じらせながら、戦いを見守る。

鼻息を荒くし、巨体に敵意を漲らせたハンマーボアと相対しながら、カイゼルは涼しげな表情を浮かべていた。

「ブモモオオオ!!」

ハンマーボアは目の色を変えると、一気呵成に突っ込んでくる。

カイゼルは最低限の身のこなしだけで軽やかに躱すと、ハンマーボアは射線上にあった大木に思い切りぶつかった。

「随分と生きがいいな」

まるで子供の遊びを見守るように言うと、エルザの方を見やった。

「エルザ、さっきの剣技は見事だった。だが、ハンマーボアは痛みを受けると、肉の質が落ちてしまうんだ」

　カイゼルは更に続ける。

「美味しく食べるには痛みを感じさせず、一撃で仕留める必要がある。自分が斬られたことにも気づかせないくらいに」

　そう言うと、姿勢を低くし、腰に差した剣の柄(つか)に手をかけた。突っ込んでくるハンマーボアを迎え入れようとする。

　――真正面から!?

　エルザは胸の内で驚愕(きょうがく)の声を上げた。

　異常に発達したハンマーボアの額は、前面のほとんどを覆い隠している。

　そしてその額の硬度は鉄よりも強固だ。

　それ故にエルザは跳躍し、頭頂部を狙った。まともに正面から斬り掛かってもまず攻撃は通らないからだ。

　しかしカイゼルは正面から迎え撃とうとしている。

　ハンマーボアが突進してくる。

　動かない。

　更に勢いを増し、迫ってくる。

　動かない。

　間合いに入ってもなお、湖面のようにぴたりと静止したカイゼルの姿を前に、エルザは不安と焦燥感を抱いた。

　このままでは直撃してしまう――。

　あの突進を喰らえば、いくら父上でも耐えられない。

　触れるまでもう一歩の距離になったところで、初めてカイゼルが動いた。それは流れる水のように静かな始動だった。

　次の瞬間――。

　ハンマーボアの巨大な体軀はぴたりと静止していた。

　遅れて、額に赤い線が走る。

　ハンマーボアの目が一瞬、戸惑いに丸められる。しかし次の瞬間にはもう、その息の根は完全に止められていた。巨体が地に沈む。

「……っ!?」

　エルザはその時になって初めて気づいた。

　カイゼルがすでに剣を振り終えていることに。

　初動から敵を斬り終えるまでの一連の流れ――動き出したと思った時には、全ての動作が執り行われた後だった。

　ハンマーボアの反応を見るに、奴(やつ)も最期の瞬間まで、自分が斬られたことにまるで気づいていないようだった。絶命するのも一瞬だっただろう。

　痛みを与えない、慈悲を込めた神速のごとき剣戟(けんげき)。

常軌を逸した芸当を、事もなげにこなして見せた。

未来のカイゼルの剣が錆び付いていたら――そんな心配は杞憂だった。むしろ村にいた頃よりも剣技が冴えている。

――自分よりも剣の腕が劣るようになっていたらだって？

とんでもない。

父上の背中は私にはとても及びもつかないほどに遠い。

けれど、カイゼルの背中を見つめるエルザの眼差しは絶望ではなく、父親に対する畏敬の念に満ちていた。

ハンマーボアを狩った俺たちは、宿屋へと戻ってきた。

リズベスさんはまだ外出中のようだった。

帰りを待っている間、解体処理を済ませてしまうことに。

巨軀を切り開き、血を抜いて毛を焼き、内臓を取り出すと、頭を落とす。背骨と肋骨と肩甲骨を外せば、後にはごろごろと肉の塊が残った。

宿の裏手にある川辺で解体を終え、宿で寛いでいると、リズベスさんが帰宅する。

「……た、ただいま戻りました。――ひえあぁっ!?」

扉を開けるなり、俺の顔を見たリズベスさんは、すっとんきょうな声を上げてその場に尻餅をついてしまった。

「え!?」

「……かかか、顔！」

「え？」

「お、お顔に血が！　たっぷりと！」

俺はリビングに置いてあった鏡を見て思い至った。

顔や服に血がついていた。

解体作業中に付着したものだろう。

「か、狩りに失敗して、命からがらここまで戻ってきたんですね……？」

「はい？」

「あの血の量からして恐らくは致命傷……私が宿なんか開いたばかりにカイゼルさんの命を散らしてしまうことに……」

何やらあらぬ方向に突っ走っていた。

「何とお詫びをしてよいものか……かくなる上は私も腹を切って……。ひ、独りぼっちにはさせませんから……」

妄想の翼をはためかせ、リズベスさんは手の届かないところに飛んでいっていた。このままだと本当に切腹しかねない。

「大丈夫ですよ。ただの返り血ですから」

「か、返り血!?」

「解体する途中で付いたんですよ。ほら」

俺が指さした先にあるハンマーボアの肉の塊と解体された骨を見ると、リズベスさんはようやく状況を理解したらしい。

「……あ、そうだったんですね」とほっと胸をなで下ろす。「よかった。てっきり狩る側が狩られてしまったのかと」

誤解も解けて何よりだ。

しかし、責任を取るために後追いをしようとするとは……。

中々に感情が重たい。

「……あれ？」

リズベスさんは立ち上がろうとして、顔を引きつらせた。

「どうしたんですか？」

「……そ、それはそれとして血を見るのは苦手なものでして。その……びっくりして腰が抜けてしまいました」

「…………」

リズベスさんを立たせた後、宿のシャワーを借りて返り血を洗い流すことに。

さっぱりと身綺麗（みぎれい）にしてからリビングに戻ると、リズベスさんはカゴいっぱいの野菜と果物を運び込んでいるところだった。

「復活されたようで何よりです」

「……ご、ご迷惑をおかけいたしました」

「いえいえ」

俺はそう言うと、テーブルの上に置かれたカゴの中身を見やる。そして、つやつやと光沢を放つ野菜と果物を手に取った。

「野菜も果物も、よく育ってますね」

「……そ、そうですか？」

「艶も良いし、実も良い。丹精込めて育てたんだろうな」

「……あ、ありがとうございます」

「？」

リズベスさんはまるで自分が褒められたかのように「うえへへ……」と気恥ずかしそうに頬を弛緩させていた。

「とにかく、食材も揃ったことだし、調理を始めましょうか」

俺は宿の厨房を借りると、早速調理に取りかかることに。

作るのはシチューとアップルパイだ。

もう数え切れないほどに作ってきたレシピ。目を瞑ってでも作れる。その調理の様子をリズベスさんは隣で見学していた。

リズベスさんが貰ってきた野菜を鍋で炒め、ハンマーボアの肉を加えると、市場から仕入れた山羊の乳で煮込む。

その間に小麦粉とバターでパイ生地を作り、皮を剝いたリンゴを薄切りにすると、シナモンと砂糖を加えてよく混ぜ合わせる。

パイ生地の上に薄切りにしたリンゴを均等に載せると、オーブンで加熱する。

「……す、凄くテキパキしてます……！」

そして料理が完成した。

ちょうど日が暮れる頃だったこともあり、仕事を終えたエルザやアンナ、学園終わりのメリルも宿を訪れていた。

俺たち家族にリズベスさんでテーブルを囲む。

「「「いただきます！」」」

「……い、いただきます」

手を合わせると、リズベスさんはシチューをスプーンで恐る恐る口元に運ぶ。ぱくりと控えめに口にした。

「……お、おいひい……！」

頰に手をあてがい、驚きに目を丸くするリズベスさん。

「……シチューのとろみがお野菜とお肉に馴染んでいて、口の中に入れた途端、優しい味わいがじんわり染み込んできます……」

そして矢継ぎ早にもう一口。

「濃厚なんですけど、どこか軽やかな感じもあって、バランスが凄く良いです。いくらでも食べられちゃいそう……」

　お気に召して貰えたみたいだ。

「ん〜っ！　パパの作ったシチュー最高ー♪」

「アップルパイも絶品ね」

「村にいた頃を思い出します」

　娘たちも喜んでくれているみたいだ。

「この料理を宿で出せば、繁盛すること間違いなしね」

「ボクも毎日食べに来よーっと♪」

「私も時間ができた時には立ち寄らせていただきます」

「……カイゼルさんがこんなにお料理が上手だったなんて……。や、やっぱり既婚者の方は凄いんですね……」

「別にそこは関係ないと思いますけど」と俺は言った。「それにリズベスさんの力添えのおかげでもありますよ」

「わ、私のですか？」

「持ってきてくれた野菜、とても質が良かったですから」

「お、お役に立てたのならよかったです……！」

「あ、そうだ。伝え忘れてました。最初は俺が厨房に立ちますけど、いずれリズベスさんに作って貰うつもりですから」

「――ええっ!? わ、私ですか!? 無理ですよう！ こんなふうに美味しく作ることなんてできないです！」

「レシピは教えますすし、指導もしますから大丈夫です」と俺は言った。「リズベスさんにも作れるようになります」

俺はいずれここから去る人間だ。元いた時間に戻らないといけない。いつまでも厨房に立ち続けることはできない。

今はいくらでも手助けしてあげられる。

でもいずれは俺抜きで宿を切り盛りできるようになって貰わないと。

「……ええ～っ……？」

不安に駆られて涙目になっているリズベスさんの姿を見て、現状では道のりは遠そうだと心の中で苦笑するのだった。


宿の名前を『妖精の隠れ家』に変更し、ハンマーボアのシチューとアップルパイを出すようになってしばらくが経った。

宿は繁盛とまでは言えないものの、以前の閑古鳥が鳴いていた状況を考えると、賑わいを見せるようになっていた。

宿泊はもちろん、食堂を求めて訪れる者も多かった。

ハンマーボアのシチューとアップルパイは王都でも評判になっているようだ。

老若男女を問わずに喜んで貰えていた。

お客が集まったのは宿の改名とレシピもあるだろうが、エルザやアンナ、メリルが王都の人々に宣伝してくれたのが大きい。

特にアンナの宣伝力は凄かった。

ギルドマスターにはまだ就任していないものの、現時点ですでに彼女は冒険者ギルド内で一目置かれる有能な受付嬢だった。

アンナは特定の誰かに忖度したりはしない。良いものはいい、悪いものは悪いとはっきりと口にする。

その眼は周囲の人々からの信頼を得ていた。

そんなアンナが『妖精の隠れ家』の料理を絶賛した。あのアンナがそこまで言うのならと宿を訪れる者も多かった。

「王都にこんな美味しい店があったなんてね」

女性客が料理に舌鼓を打っていた。

「シチューもパイも絶品だわ。料理人の腕がいいのね」

「けど、あの人、何だか怪しくないか？」

お客たちの視線がこちらに向けられる。

厨房に立つ俺は仮面を着けていた。

素性を隠すためだ。

未来での知り合いが宿を訪れないとも限らない。

お客さんたちは仮面姿の俺を見て怪しんでいたが、料理が満足できる味だからか、詮索してくるようなことはなかった。

かくして宿はどん底の状態から見事に上向いた。

ただ一つ問題が発生していた。

「リズベスさん、何してるんですか？」

調理中にふと見ると、リズベスざんは厨房の隅に身を潜めて隠れていた。ダンゴムシのようにぎゅっと縮こまっている。

「お、お客様のお目を汚すわけにはいかないので……」

「そんなことはないと思いますけど」

「すみませーん」

「お客さんが呼んでるな。リズベスさん、お願いします」

「えっ!?　私ですか!?」

「俺は今調理中で手が離せないので」と理由を告げた。「リズベスさん以外、注文を取りに行ける人はいませんから」

「でで、でもっ！　私なんぞが注文を取りに行ったら、お客様にご不快な思いをさせてしまうかもしれませんし……」

「待たせる方が悪いと思いますよ」

「すみませーん」

「ほら、リズベスさん。早く早く」

「は、はひぃ！」

リズベスさんは急き立てられるように飛び出すと、呼んでいた客が座っているテーブルの下に駆け寄っていった。

「ななな、何用でしょうか!?」

「声デカいっすね」

男性客は声量の大きさに戸惑っていた。「パイの追加をください」

「ぱ、パイですね。かしこまりました……」

リズベスさんは手元のメモにペンを走らせる。

「右端の席の方がパイの追加……と。よ、よしっ」

「あ、俺もパイください」

「えっ!?」

「こっちはシチューを！」

「おねーさん、エールのお代わりちょーだいな」

「あわわわ……！」

一気に何品も注文を受け、リズベスさんは完全にテンパっていた。ぷしゅうと頭から煙が立ち上るのが見えた気がした。

「か、カイゼルさん……カイゼルさんに助けを……！」

踵を返し、厨房に逃げ帰ろうとした時だった。

踏み出した右足が、自分の左足に引っかかった。

ビターン！

ヘッドスライディングするように前のめりに転んだ。

「だ、大丈夫ですか？」

近くにいたお客さんが心配そうに声を掛けた。しかし返事はなかった。リズベスさんはぴくりとも動かずに静止していた。

食堂内に静寂が降りる。

「し、死んでる……!?」

死んではいない。

ただ、心は完全に折れてるみたいだった。


「す、すみませんでした……！」

終業後にリズベスさんは平謝りしてきた。

「転んだ箇所は大丈夫ですか？」

「は、はい……絆創膏を貼りましたから」

リズベスさんのつるりとした膝小僧には、デフォルメされたクマさんの描かれた絆創膏が貼られていた。軽い擦り傷で済んでよかった。

「お客さんの前に出た途端、頭の中が真っ白になって、粗相のないようにするのが精一杯で注文を受ける余裕がなくなって……」

なるほど。

あのテンパりっぷりはそういうことか。

「それはあれね、自分に自信がないからね」

後日。宿を訪れたアンナに事情を話すと、彼女はずばりそう言った。

「相手に不快感を与えないようにしようって気持ちが強すぎるから、意識が全部そこだけに集中してしまって、他のことを考える余裕がなくなってるんだと思う。要するに自意識が過剰になってるの」

「どうすればいいと思う？」

「自分に自信を付けることでしょうね。そうすれば自分以外に意識が向いて、人前に出ても緊張しなくなると思う」

「ふむ」

「よかったら協力しましょうか？」

「いいのか？」

「もちろん。パパの役に立ちたいもの」

アンナはぱちりとウインクする。

「それにリズベルさん、悪い人じゃなさそうだし」

自分に自信を持てるようになれば、仕事をこなせるようになるだけじゃなく、普段から生きやすくもなるだろう。試してみる価値はある。

そしてアンナ主導のリズベスさんに自信を持たせる作戦が決行された。

翌日、アンナが休みの日に執り行われることに。宿にやってきたアンナはリズベスさんに手土産を持ってきた。

「こここ、これは……？」

「宿の新しい衣装。可愛（かわい）いでしょう？」

袖口と襟元に華やかなフリルの施された、淡いクリーム色のブラウス。軽やかさと可愛らしさが同居したフレアスカート。

おしゃれなカフェの店員が着る衣装みたいだった。

「買ったのか？」

「まさか。作ったの。私、裁縫は得意だから」

アンナはふふんと得意げに微笑（ほほえ）む。

リズベスさんは衣装を前に目を輝かせていた。

「とっても素敵な衣装です……！」

「あなたが着るのよ？」

「えええええ!?」

「だって、この宿には他に着る人いないでしょう？」

アンナが呆れたように言う。

「まさかパパが着るわけにもいかないし」

それはそうだ。

「リズベスさん、よく見ると可愛らしい人だもの。ちゃんと着飾れば、とても素敵な女性に見えると思うわ」

アンナはそう言うと、リズベスさんを指さして微笑む。

「ということで、私がプロデュースしてあげる。任せておいて。光る原石をぴっかぴかに磨き上げてみせるから」

「ひえええええ……！」

有無を言わさずに連行されていくリズベスさん。

彼女はアンナより間違いなく年上のはずなのだが、こうして見ると、アンナの方が年上の姉のような立ち居振る舞いだった。

数時間ほど経った後、二人は戻ってきた。アンナの手によって着飾られたリズベスさんの姿を見た俺は思わず驚いた。

「これは……」

「どう？　良い感じでしょ？」

アンナの用意したフリルの衣装に身を包んだリズベスさんは、見違えるように華やかな印象を振りまいていた。ポップになった。

髪が梳かれ、薄く化粧も施され、端整な顔立ちが以前よりも表出している。

「いいじゃないか」

俺は素直な感想を口にした。「凄く可愛らしいと思いますよ」

「へえええっ!?」

褒められたリズベスさんは目を丸くして動揺を滲ませる。

「……か、カイゼルさんに可愛いと言っていただけるなんて……。や、やっぱり私のことが好きだったり……?」

「リズベスさん、目が合っただけであの人は私が好きなんだって思うタイプ?」とアンナは苦笑いしながら言った。

「ま、それも含めて自意識過剰ってことよね」

その時、宿の扉に付いていた鈴が鳴った。

誰か来たのだろう。

宿泊客だろうか――と見やると、そこにいたのはエルザとメリルだった。

「おお、二人も来たのか」

「アンナに呼び出されまして」

「リズベスさんの自己肯定感を上げるためにね」

アンナはそう言うと、

「さあ、エルザ、メリル、見てあげて」

「わあ……とっても素敵です！」

「ふーん。けっこー可愛いじゃん。ま、ボクほどじゃないけどねー♪」

エルザとメリルは衣装に身を包んだリズベスさんの姿を見ると、それぞれ感嘆の声と共に賛辞を贈っていた。

「あ、ありがとうございます……」

リズベスさんはたどたどしい口調でお礼を述べると、

「で、でも、恥ずかしいのであまりまじまじと見ないでいただけると……！」

フレアスカートの裾を押さえながら、もじもじと照れていた。その顔はリンゴのように真っ赤に熟れている。

当然だが、容姿はポップになっても、本人の性格は特に変わっていない。注目されるのは相変わらず苦手のようだった。

「ダメダメ。もっと見て貰わないと」

逃がさないとばかりにアンナは言った。

「リズベスさん、あなたはとても素敵な人なんだから。皆から褒められることで自己認識を改めて貰うわ」

「ええ〜〜っ……？」

「わ。すっごい汗掻いてる」

リズベスさんの着ていた制服。

その背中と腋の部分にじわりと染みができていた。

「大丈夫ですか？　具合が悪いのでは……」

「い、いえ。そういうわけでは」

リズベスさんは慌てて否定する。

「その、見られることに緊張しすぎて……」

「なるほどねー」

「汗っ掻きですみません……」

「大丈夫です！　汗を掻いていても素敵ですよ！」

「マニアはむしろ好きだと思うよ♪」

「それは励ましになってるの？」

リズベスさんを可愛いと囃し立てる皆。

それはお世辞ではなく、本当に思っているからこその言葉だった。リズベスさんは照れで汗をぴゅっぴゅと掻いていた。


後日。

宿の食堂は料理を求める客で賑わっていた。

宿泊客もいれば、料理を食べるためだけにふらりと立ち寄った人もいる。

俺は厨房で忙しくしていた。

新しい衣装に身を包んだリズベスさんは、客前に出ることに緊張するのか、びくびくと怯えたように立ち尽くしていた。

注文しないで欲しいと願っているのが伝わってくる。

「やっぱりまだ緊張しますか？」

「は、はい……」

リズベスさんは猫背になりながら頷いた。

「……私も今のままじゃダメだって分かってるんです。引っ込み思案な自分を変えたくて王都に来ましたから」

でも、と呻くように先を続けた。

「失敗したらどうしようと考えてしまって……。せっかく来てくださったお客さんたちに失望されてしまうのが怖くて……。

……わ、私なんか嫌われて当然だってうそぶいてみても、実際に嫌われてしまうことを考えると凄く怖いんです……」

誰だって嫌われてしまうことは怖い。そんなのは当たり前のことだ。それでもリズベスさんは闘おうとしている。だから王都で宿を開いたんだ。

「別に失敗してもいいと思いますよ」

と俺は言った。

「え？」

「リズベスさんが一生懸命なのは見ていれば伝わってきますから。失敗したとしても失望されることはないと思います」

それに、と続けた。

「たとえ他の人たちがリズベスさんに失望したとしても、嫌ったとしても、俺だけは絶対に味方でいますから」

ふっと安心させるために微笑みかける。

「そう考えたら、少しは気が楽になりませんか？」

「カイゼルさん……」

彼女の華奢(きゃしゃ)な身体(からだ)に漲(みなぎ)っていた強(こわ)ばりが、少しほぐれたように見えた。そのタイミングでお客さんの呼び声が聞こえてきた。

「すみませーん！　注文いいですか？」

「は、はひ！」

リズベスさんは声を裏返させながら、ぱたぱたと急いで駆けていった。

「シチューを一つ」

「こっちはアップルパイを！」

「私は紅茶を貰える？」

いくつもの注文が同時に降りかかってくる。

今までならテンパってパンクしてしまうところを、リズベスさんはたどたどしい手つきながらも一つ一つ丁寧にメモしていた。

厨房に戻ってきたリズベスさんは、メモした注文を伝えてくる。

「分かった。任せてくれ」

俺が料理を作ると、リズベスさんはそれを配膳する。

慌ただしく時間は過ぎ、昼の営業時間は終わりを迎えようとしていた。

潮が引くように賑やかさは治まりつつあった。

最後のお客さんが席を立ち、店を出ようとした時だった。紳士然とした壮年の男性客はリズベスさんに向かって言った。

「ごちそうさま。美味しかったよ」

そして柔和な笑みを浮かべると、

「今日も一生懸命働いていたね。君が頑張ってる姿を見ると、元気が貰える。おかげで楽しい時間を過ごせたよ」

「……！　あ、ありがとうございました！　ま、またお越しください！」

リズベスさんは深々とお辞儀をして見送った。そして姿が見えなくなると、ぱっと踵を返して俺の下に駆け寄ってきた。

「……か、カイゼルさん、私、できました。間違えずに注文取ることができました。一人でこなせました。そ、それに――」

目を見開きながら、ほとばしるように言った。

「お、お客さんに褒められてしまいました！」

「ちゃんと見てましたよ」

「……私にもできることがあったんですね」

リズベスさんは信じられないという表情をしていた。

「……私、まだまだ至らないところばかりですけど。でも、ほんの少しだけ自分のことが好きになれたような気がします」

すぐに全部を変えられるとは思わない。

長年染みついた卑屈さはそう簡単に抜けないから。

けれど周りの人間たちがリズベスさんを認める姿勢を見せ続けることで、少しでも自分を肯定できればいいなと思った。

第三話

リズベスさんは以前よりも自分に自信がついたからか、人前に出ても頭が真っ白になるようなことはなくなった。

まだぎこちないながらも受付もこなせるようになってきた。少しずつ成長していく姿を傍(そば)で見ているのは楽しかった。

「少し散歩してくるよ」

食堂のランチタイムを終えた後、客足の途絶える時間になると、俺は気分転換に外へと繰り出すことにした。

一人残されたリズベスさんは不安そうな面持ちではあったが、以前のように泣き言を漏らすことはなかった。

「……お、お気を付けて」と送り出してくれた。

素性を隠すために目元を覆う仮面を着け、王都の通りを歩く。左右に露店が並んだ石畳の通りは今日も賑わっていた。

外れた細い路地に差し掛かると、そこは閑静な住宅街だった。

向かいから鎧(よろい)に身を包んだ少女が歩いてくるのが見えた。白銀の髪をした彼女は俺の姿に気づくと嬉(うれ)しそうに声を掛けてきた。

「父上っ」

彼女――エルザはなみなみと水の入った木製のバケツを両手に持っていた。

「ご休憩中ですか？」

「ああ。エルザは何をしてるんだ？」

「王都の巡回中でして。この通りに住む腰を悪くされているお婆さんの代わりに、井戸に水を汲みに行っていました」

そういえば今はまだ魔導器が発明されていないのか。

俺のいた時代ではメリルが発明した魔導器によって、家にいながら生活用水を得ることが可能になっている。

魔導器がない今はまだ、いちいち井戸まで汲みに行かないといけない。その重労働は高齢の人には堪えるだろう。

汲み上げた水を該当の高齢者の家に届けてあげると、戸口に出てきたお婆さんは深々と頭を下げながら言った。

「エルザさん、いつもごめんなさいねえ」

「いえ」

「騎士様にこんなことさせちゃいけないと思うんだけど。どうにも腰が痛くてねえ。本当に助かりますよ」

「何のこれしきです。また来ますから。無理をせず養生なさってください」

エルザはお婆さんに労りの言葉を掛けると、その場を後にした。

共に王都を歩いていると、彼女は住民たちから口々に声を掛けられていた。この前は家の屋根を直してくれてありがとうとか、引ったくりを捕まえてくれて助かったとか。随分と慕われていることが伝わってきた。

普段から皆の助けになっているのだろう。

親として誇らしい気持ちになった。

しばらく歩くと、何やら通りがざわついていた。人垣ができている。

どうやら馬車の衝突事故のようだった。

二台の馬車が狭い路地の交差点で鉢合わせしてしまったらしい。積み荷がほどけて石畳の上に散らばっていた。

「大丈夫ですか!?」

エルザは人混みを掻き分け、馬車の下に駆け寄っていた。

御者の安否を気遣っている。

打ち身にこそなっていたものの、大事には至ってないようだ。

「俺も手伝おう」

エルザと共に散らばった積み荷を運び直していた時だった。

「いったい何の騒ぎだ？」

人混みを押しのけ、鎧姿に身を包んだ男が姿を現した。

腰の高さに届くほどの長髪に、眉間に深い皺の刻まれた険しい顔立ち。周りの人間全員を見下すような傲慢さが滲み出ている。

「ルキフェス騎士団長……」

「エルザ。また貴様か」

ルキフェスと呼ばれたその男は憤懣したように吐き捨てた。

騎士団長――。

彼はエルザが就任するよりも前に騎士団長を務めていた男なのだろう。

「こんなところで何をしている」

「馬車の事故が起きたため、その事後処理を行っておりました」

「何度も言ったはずだ。つまらないことをするなと」

ルキフェスは刺すような鋭い口調で言う。

「我々騎士団は王族や貴族のためにだけ在れば良い。庶民の小間使いなどするな。騎士団の顔に泥を塗るつもりか」

その言動からは、強烈な自尊心が感じられた。

足先からつむじの先までプライドに充ち満ちているのが見て取れる。

「お言葉ですが、それは違うと思います」

「なに？」

「民なくして王や貴族は存在できません。王や貴族を守りたいのなら、彼らを支える民衆の方々も守るべきです」

　エルザは怯むことなく、真っ直ぐにそう主張した。

「騎士団は皆、あまねく王都の人々のために在るべきです。

　それに、困っている人がいるのに捨て置くことの方が、よほど騎士団の顔に泥を塗る行為だと私は考えます」

「……図に乗るなよ、新入り。誰に口を利いている」

　ルキフェスは吐き捨てるように言った。

「大方、その若さでCランク冒険者になったことで調子に乗っているんだろうが。その肩書きは騎士団では何の意味も持たん」

「……もちろん心得ております」

「あの、エルザさんは俺たちのことを思って行動してくれたんです。だからどうか怒らないであげてください」

　剣呑な雰囲気を見かねて、御者の男が仲裁に入ろうとする。だが、その行為は却って火に油を注ぐことになった。

「……貴様、今、私に口答えしたな？」

「え？」

「覚えておくといい。私は身の程を弁えていない者が嫌いだ。とりわけ、庶民の分際で騎士団長の私に楯突くような輩が」

「も、申し訳ございません」

ちょうどいい、とルキフェスは口元を歪めた。

「恐怖と共にしっかりとその目に刻みつけてやろう。もっとも、すぐに記憶するための頭ごと飛ぶことになるがな――」

俺は目を疑った。

次の瞬間。

ルキフェスは剣を抜くと、御者の男に向かってそれを振るった。

「パパ！」

御者の男の娘が悲鳴を上げる。

俺は止めるため、咄嗟に剣を抜いた。

だが同時に。

ルキフェスの放った剣が御者の男の首を刎ねる寸前――射線上に割り込んできたエルザの剣がそれを防いだ。

「……ルキフェス団長、剣をお納めください」

「ふん、悪くない反応速度だ」

ルキフェスはそう言うと、冷たい眼差しでエルザを見据える。

「――だが今、貴様は上司に対して剣を抜いた。これは許されざる所業だ。騎士団を除籍処分になっても文句は言えないほどのな」

「……いかなる処分も覚悟しております」

「過ちを認め、頭を垂れて謝罪すれば、許してやらなくもないぞ？」

「団長に対して剣を抜いた無礼については謝ります。しかし、彼らを守った自分の判断には間違いはないと信じています」

「……退く気はまるでない、か。恐れ知らずにも程がある」

　ルキフェスはふんと小さく鼻を鳴らすと、剣を腰に差していた鞘に納めた。冷めた表情を浮かべながら吐き捨てる。

「まあいい。末端の騎士に対して目くじらを立てるほど、私も暇ではない。今日のところは収めておいてやろう」

　ルキフェスが去っていった後、腰を抜かして尻餅をついていた御者の男は、エルザに手を貸して貰って立ち上がる。

「……エルザさん、すみませんでした。余計な真似をしちまって。俺のせいで騎士団長に目を付けられることに……」

「いえ。気にしないでください。お守りできてよかったです。それに私のことを庇おうとしてくださった結果ですから」

「騎士さん、パパを助けてくれてありがとうッス」

　御者の男の娘が涙目でお礼の言葉を口にする。髪を後ろで一纏めにした、ポニーテールの少女の顔立ちにはどことなく見覚えがあった。

エルザは少女の頭を優しく撫でると、ふっと微笑みを浮かべた。

「また困ったことがあったら、いつでも呼んでください。すぐに駆けつけますから」

そう告げると、「それでは」と踵を返した。

御者の男は深々とお辞儀をしてその姿を見送った後、隣に立っていたポニーテールの娘に向かって語りかける。

「帰ろうか、ナタリー」

「は、はいッス」

ポニーテールの娘はぽーっと呆けたような表情を浮かべていた。

「騎士様……格好良いッス……！」

彼女――ナタリーと呼ばれたポニーテールの少女は、去っていくエルザの後ろ姿を羨望の眼差しで見つめ続けていた。


「聞いたわよ、エルザ。騎士団長と一悶着あったそうね」

冒険者ギルドでの仕事を終えて宿にやってきたアンナは、同じく仕事終わりに宿を訪れていたエルザにそう声を掛けた。

日が暮れた後の宿の食堂は、宿泊客の姿もなく閑散としている。

「ええ、まあ。お恥ずかしながら……」

「ただでさえ冷遇されてるのに、更に立場を悪くしちゃったわね」

「ですが、私は自分の行いを悔いてはいません」

「だったらこっちとしては何も言うことはないけど」

　アンナは肩を竦める。

「エルザは頑固だからねー」と椅子にちょこんと座っていたメリルが、浮かしていた両足をぱたぱたと動かしながら言った。

「あの騎士団長の男――ルキフェスと言ったか」

「いけ好かない奴だったでしょ？」

「ああ」

「名門貴族出身の男でね。王族と貴族以外は全員見下してる。足先からつむじまで特権意識の塊みたいな人間なの」

　アンナは呆れたように言った。

「気に食わない人がいたら、容赦なく斬り捨てる。市民だろうと部下だろうと。おかげで皆から恐れられてるわ」

「そんな横暴な振る舞いがよく許されるな」

「騎士団長を任命するのが宰相なんだけど、そいつの息が掛かってるから。何をしようとお咎めなしになっちゃうわけ」

「宰相？　女王じゃないのか？」

「女王陛下――ソニア様はソドム王が亡くなられて以来、実質的な国政を担う権力を宰相に握られてしまってるの。宰相は多くの王族や貴族たちを掌握しているから、女王陛下でも迂闊に手を出せない」

そういうことか。

「本来なら騎士団は王都の巡回を始めとした治安維持が仕事だけど、ルキフェスの率いる騎士団は王族と貴族のお守りばかりして、一般庶民は全く相手にしてない。おかげで王都の治安は悪化の一途を辿ってるわ。住民たちからの評判もすこぶる悪いし。

もっとも、騎士団の中でも現状に疑問を抱いている騎士も多くいるけど、ルキフェスが頭にいるうちは変わらないでしょうね」

そういえば、と俺は思い出していた。

騎士団長になったエルザは、かつて騎士団は今とは全く違っていたと話していた。王都の住民たちに寄り添うような組織ではなかったと。

あの男が騎士団長ならむべなるかなと思った。

「騎士団内でも貴族出身と平民出身だと露骨に待遇が違うし。それがなければ今頃エルザはもっと認められてるはずよ」

俺が王都に来た頃――エルザが騎士団長になってからは、貴族と平民の間の格差は完全に取り払われていた。彼女が撤廃したのだろう。

「そういえば、エルザは冒険者になるために王都に来たんだよね？　なのになんで騎士団に入団したの？」とメリルが言った。

村にいた頃のエルザは、冒険者になりたいと言っていた。

　俺が討伐することのできなかったエンシェントドラゴンを自分が倒したいと。そのために王都に発(た)っていった。

「それは……」

「パパみたいに皆(みんな)を守れる人になりたかったのよね」

　アンナがエルザの心中を代弁するように言った。

「は、はい」

　エルザは少し気恥ずかしそうに頷(うなず)いた。

「父上は村にいた頃、村の人たちを守っていました。その姿を見て――私も王都の人たちを守れる人間になりたいなと思ったんです」

　冒険者としてエンシェントドラゴンを倒すのも目標だ。

　だが、騎士団の騎士として活動することで、王都の人たちを守ることもしたいと思ったということらしかった。

「それに騎士団の状態を見た時、これではいけないと思ったんです。王族や貴族の人たちのためだけの組織になっていると」

「だから自分が変えようと思ったと」

　エルザは静かに頷いた。

「私が騎士団で手柄を立て、上に立つことで組織を内側から変革できればなと」

「よくやるよねー。普段は騎士として働いて、非番の日に冒険者活動もするなんて。ボクには絶対ムリだなー」

「授業をサボりまくってるメリルにも見倣って欲しいものね」

「ボクはボクの道を行くんだもーん」とメリルには応えた様子はない。「それに自分の魔法の研究はちゃんとしてるし」

そう言うと、

「でもさ、騎士団って貴族じゃないと上がり目がないんでしょ？　だったらエルザが騎士団長になるのムリじゃない？」

確かに貴族を偏重するルキフェスの体制下では、庶民出身の騎士であるエルザが頭角を現すのは難しいように思える。

「来月に他国の騎士団との対抗試合があるのですが、それに出場して結果を残せば周りの見る目も変わると思います」

エルザは言った。

「例年であれば貴族出身の騎士のみしか選ばれなかったのですが、今年は平民出身の騎士も全員選考会に参加できることになったんです」

「確か、王国の騎士団は例年ボロ負けが続いてたから、今年は何としてでも勝てってって宰相の圧があったのよね」

アンナがそう説明してくれる。

「騎士団の強さは国の威信に関わってくる。なのに全然勝てないんだもの。近隣諸国の中でも最弱だし」

「そうなのか」

「ま、そりゃそうよね。サボってばかりでろくに鍛錬してないんだもの。プライドだけで強くなれるほど甘くないわ」

他国との対抗試合となれば、その勝敗に国の威信が掛かってくる。

負けっぱなしのままでは舐められてしまう。

貴族出身の騎士しか出場できない――その慣習を曲げてでも、なりふり構わずに今回は勝利を摑みに行こうということだろう。

「これは千載一遇の好機です。私が認められるには、選考会を勝ち抜き、対抗試合で結果を残す以外にありません」

エルザは言った。

「絶対に勝ち抜いてみせます」

「エルザならきっと大丈夫よ」

「ボクも応援しに行ってあげる♪」

「メリルは学園に行きなさい」

「いだだ！　耳をつねるの反対！」

俺たちはそれぞれエルザに激励を送っていた。彼女が本来の力を発揮できれば、必ずや良い結果を残せるはずだ。

そう思っていた。


選考会の当日。

俺はエルザから結果報告を聞くために宿で待っていた。日が暮れた頃、アンナとメリルがそれぞれやってきた。

「パパ～♪　会いたかったよ～♪」

「おいおい、昨日も会ったじゃないか」

「一日も会えないのはボクちゃん的には大問題！　本当なら二十四時間、ずっといっしょにいたいからね」

メリルは俺に抱きつくと、すりすりと身を寄せてくる。

「はぁ～くんかくんかくんか！」

「エルザは？」とアンナが尋ねてくる。

「まだ来てないな」

「主役は遅れてやってくるってことね」

「選考会、どうだったんだろうねー？」

「あの子ならまず間違いなく大丈夫よ」とアンナが言った。「お腹(なか)を下したり、想定外の事態でも起こったりしない限りはね」

その後、しばらく経ってもエルザはやってこなかった。

窓の外は夜の帳に包まれている。暗くぶ厚い雲が月を覆い隠していた。

もうとっくに騎士団の業務は終わっているはずだ。

何かあったのだろうかと心配になった時だった。

宿の扉に付いていた呼び鈴が鳴った。

ようやく来たか――。

すぐに振り返った俺たちの視線の先――宿の入り口には、色とりどりの野菜の入った袋を胸元に抱えたリズベスさんが立っていた。

「なんだ。リズベスさんか」

「わ、私でスミマセン！」

リズベスさんはぺこぺこと頭を下げると、

「み、皆さんはここで何を？」

「今日はエルザの騎士団内での選考会の日なんです。それで結果報告を聞くために、彼女の帰りを待ってるって感じです」

「でも全然帰ってこないんだよねー」

「あ、あのっ、エルザさんならさっき外で見ましたよ？」

「「え？」」

「市場に買い出しに行く途中ですれ違ったんですけど……その、とっても思い詰めたような表情をしていました」

俺たちは互いに顔を見合わせた。

思い詰めた表情をしていた？

まさか――。

「最初は思い切って話しかけてみようかと思ったんですけど、その表情を見たらとても声を掛けられる雰囲気じゃなくて……」

そこまで話したところで、リズベスさんは俺たちの雰囲気を見てはっとする。

「あ、あれ!?　一瞬で凄(すご)い重苦しい空気に……!?　私、何かマズいことでも口にしてしまいましたか？」

自分の発言がきっかけで空気が重くなったのだと責任を感じているのか、リズベスさんはあたふたとしていた。

「こういう時はどうすれば……そ、そうだ！　場を和ませるために、身体(からだ)を張って一発ギャグを披露するとか……!?」

「ちょっと様子を見てくる。皆はここにいてくれ」

俺はそう告げると、駆けだした。

「か、カイゼルさん!?――あのっ！　カイゼルさんが不在の状態で娘さんたちといるのは人見知りには荷が重いと言いますか……！」

「ボクちゃんたちはお留守番してるねー」

メリルはそう言うと、

「リズベスさんの一発ギャグ見ないといけないし」

「え？」

「見せてくれるんだよね？　とびっきり面白いのを」

「ええ～っ!?」

イタズラっぽくにやりと笑うメリルに、リズベスさんは戦いていた。

俺は扉を開けると、仮面を着け、皆を残して外に飛び出す。

しばらく走っているうちに、ぽつりと肌に雫が触れた。

降り始めたらしい。

銀色の糸を引きながら落ちてくる雨は、瞬く間に石畳を暗く塗り潰した。ばたばたと雫が跳ねる音が響き渡る。

煙る雨に包まれた王都で、エルザの姿を捜して回る。

大通りを駆け、中央にある広場を見て回り、露店の立ち並ぶ区画を通り過ぎる。いずれの場所にも見当たらなかった。

――いったいどこにいるんだ。

身に纏っていた衣服が雨に濡れきり、髪から水滴が滴り落ちる頃。

俺はやっとエルザを見つけることができた。

住宅街の一角――現代で俺たちが住む家の近く――人気のない路地、張り出した屋根の軒下に座り込んでいた。

「こんなところにいたのか」

「……父上」

膝を抱えていたエルザが、力なく顔を上げた。

「冷えるだろう。風邪引くぞ」

「……大丈夫です。それより父上の方こそ」

「すっかり濡れ鼠になってしまったな」と俺は苦笑する。「ま、たまには童心を思い出すために雨の街中を走るのも悪くない」

そしてエルザの隣に腰を下ろした。頃合いを見計らって切り出す。

「選考会、ダメだったのか？」

「……はい」

エルザは膝を抱えたまま呟いた。

「騎士団で唯一、私だけが選考会に参加を許されませんでした」

リズベスさんの話を聞いた時から、芳しくない結果になったのだとは予想していた。

しかしまさか参加すらできなかったとは思わなかった。

「先日、ルキフェス団長に剣を抜いた件が尾を引いたのでしょう。選考会に参加すること自体を禁じられてしまいました」

エルザはぎゅっと膝を抱えると、俯いた。

「……騎士団に入団してからずっと、誰からも認められませんでした。庶民出身の騎士だというのもそうですが、私が女性だからと侮られることも数多くありました。女には騎士は務まらないと面と向かって言われたこともあります」

「…………」

「とても悔しくて、見返したいと思いました。彼らを見返して――でもそれ以上に、自分のことを認めて貰いたいと思いました。だから毎日鍛錬に励みました。いつか報われる日がやってくることを信じて」

　鼻の奥がつんとする。雨の匂いが強くなる。

　雨脚が強くなっていた。石畳が煙っていた。

「今回の対抗試合は、千載一遇の好機でした。選考を勝ち抜いて実力を示せば、周りの私を見る目も変わるかもしれないと。……でも、その機会を逃してしまった。鍛錬の成果を見せることすらできませんでした」

　エルザは剣を取り上げられてしまった。

　騎士として戦うことすら許されなかった。

「……ルキフェス団長が騎士団長でいる以上、これからいくら研鑽を重ねても、恐らく日の目を見ることは永遠にないでしょう」

　エルザはルキフェスに目を付けられている。これからも冷遇され続ける。成果を上げるための土俵にも立つことができないほどに。

「……報われない努力をずっと続けられるほど、私は強い人間ではありません。……これからどうすればいいのか分からなくなってしまいました」

普段は気丈に振る舞っているエルザが、初めて弱音を吐露していた。先の見えない闘いを前に心が折れてしまっていた。

できることなら教えてやりたかった。

――大丈夫だ。エルザは俺のいる未来では騎士団長になることができている。いつか報われる日はやってくるから。

けれど、それを教えることは未来を歪めることにもなりかねない。

親としては娘の助けになってやりたい。

ただ、できることとできないことがある。

例えば親の俺が出ていって、ルキフェスを打ちのめして改心させる――そんなふうにして解決できるほど世の中は単純じゃない。

社会に出た以上、自分で乗り越えるしかない。

俺にできるのはその背中を押すことだけだ。

「エルザ、これから打ち合いをしないか」

「え？」

「久々に剣を交えたいと思ってな。騎士団の屋内練兵場なら、雨が降っていても打ち合いができるだろう」

　俺たちは騎士団の練兵場を訪れていた。

　屋内の練兵場であれば、外でいくら雨が降ろうと関係ない。

「父上はどうして知っていたのですか？　騎士団の練兵場に屋内施設があることを。外部には公開されていないことなのに」

「ま、ちょっとな」

　騎士団の教官を務めているからとは言えない。

　俺は練兵場に置かれていた木剣を手に取ると、一本をエルザに手渡した。

　互いに距離を取った後に向かい合う。

「気分が沈んでる時にじっとしてると余計に気が滅入るだろう。何も考えられないくらい汗を流した方がいい」

　俺はそう言うと、木剣を構える。

「遠慮なく掛かってこい」

「分かりました。――参ります！」

　エルザは木剣を構えると、力強く床を蹴った。間合いに飛び込んでくると、思い切りの良い剣戟を叩き込んでくる。

　俺はそれを同じく木剣で受け止める。

　エルザは防壁を破るために、暴風雨のように次々と剣を繰り出す。

息継ぎもせず、矢継ぎ早に猛攻をかける。

手数が多いが、その攻撃は一辺倒ではなく多彩だ。引き出しが多い。一撃を喰らわせるためにあらゆる道を試している。

「大した攻めだ。だが、守りの方はどうだ？」

エルザの攻撃を受けた次の瞬間。

俺は僅かな隙間に差し込むように木剣を振るう。

「――っ!?」

不意を突かれた攻撃にもしっかり反応して見せた。

「良い反応だ」

攻守交代――今度は俺が攻めに転じる。

木剣を振るい、エルザに一撃を浴びせようとする。縦横無尽に飛んでくる剣戟を、彼女は全て上手く捌ききっていた。

さっき猛攻を掛けたにも拘わらず、バテた様子もない。身体のキレは健在だ。ひとえに日頃の走り込みの賜物だろう。

「くっ……父上の剣戟――あまりにも隙がありません……！　反撃の糸口に繋がりそうな穴がまるで見当たらない……」

けれど、攻めに転じなければいずれ押し負ける。それは俺が未だ汗一つ掻いていないのを見て理解しているだろう。

さあ、どうする？

「でも、諦めません！　私の全力――父上にぶつけます！」

目に決死の覚悟を宿らせたエルザ。

俺が繰り出した攻撃を、受けるのではなく躱した。

これだ。

エルザの剣士としての秀でた部分。

俺の剣戟の軌跡を予備動作の段階で判断し、一か八かで躱した。

攻撃に転じるために。

それは一歩間違えれば直撃を喰らいかねない、薄氷の上を歩くような行為。

だが、格上の相手に勝つためには必要になる。

その思い切りの良さを、卓越した身体能力と反射神経が補っている。一流の剣士として必要なものをすでに備えている。

だが、まだまだだ。

「――え!?」

エルザが反撃に転じようと剣を振り上げた瞬間――その目の前にはすでに次の攻撃動作に入ろうとする俺の姿があった。

「そんな――どうして!?　速すぎる……！」

「エルザが剣を構えるまでの時間があれば、再度攻撃体勢に入るには充分だ。――悪いが決めさせて貰うぞ」

木剣を振り抜くと、打ち抜かれたエルザの木剣が高らかに宙を舞った。地面に落ちるのと同時に彼女も膝をついた。

「俺の勝ちだな」

床に膝をついていたエルザは、力なく微笑んだ。

「……父上はまだまだ余力を残していたのですね。私の全力の猛攻を、本来の半分以下の力でいなしていた。さすがです」

「少しは気が紛れただろう？」

地面に落ちていた木剣を拾い上げると、柄の部分をエルザに差し出した。

「良い剣だったよ」

そして思ったことを口にする。

「剣の技量も、身のこなしも、体力も。村にいた頃よりもずっと良くなっていた。王都に来てからも毎日鍛錬に打ち込んできた——そのことがよく分かった。サボっていた人間にはあれほどの戦いはできない」

目を見開いたエルザに、俺は語りかける。

「努力は必ずしも報われるとは限らない。だが、嘘もつかない。エルザのこれまでの努力は俺にはちゃんと伝わってきたよ」

これまでに剣に打ち込んできた時間の厚み。

それは何よりも雄弁だった。

「人に認められるのも大事だ。でもそれが全てになると苦しくなる。他人の気持ちはどうにもならないからな。自分なりに全力を尽くし続ける。胸を張って、自分で自分のことを認めることができるくらいに。できることと言えば、それしかない」

それに、と続けた。

「騎士団の連中がエルザを認めなくても、俺はエルザの努力を認める。どれだけ頑張ったのかをこれからも見届け続ける」

ぽんと頭に手を置くと、微笑みかけた。

「そう思えば、少しはモチベーションになるだろう？」

「……父上」

エルザはそう呟くと、おもむろに柄を受け取った。

「……それはサボることができませんね」

頬を緩めると、手にしていた木剣の柄を握りしめた。

胸元に抱き寄せると、顔を上げる。

そして俺の目を真っ直ぐに見据えながら言った。

「……もう少しだけ、頑張ってみようと思います」

「ああ」

エルザの目には意志の光が戻っていた。

それに、と俺は心の中で呟いた。

腐ることなく自分なりに日夜努力を積み重ね続けていたら、その頑張りを見てくれる人は意外といたりするものだ。


ヴァーゲンシュタイン騎士団所属の騎士——カミールは他の騎士たちと共に王都の酒場に繰り出していた。

他国との対抗試合——その選考会の打ち上げだった。

他の騎士たちが酒を浴びるように飲み、他の客たちの迷惑も考えずにどんちゃん騒ぎをしているのを尻目に、彼の内心は冷めていた。

選考会の結果、選抜の騎士が決定した。

騎士団長のルキフェスが選出したのは、全員が貴族出身の騎士だった。今回は平民出身の騎士も選考会に参加できることになったにも拘わらずだ。

貴族出身の騎士の実力が特別秀でていたわけではなかった。今回選抜された騎士よりも実力の秀でた平民出身の騎士もいた。

——少なくとも、私よりは。

カミールもまた貴族出身の騎士だった。

彼は自身で理解していた。自分には対抗試合に出場できるほどの実力はないと。

ルキフェス団長は貴族を偏重し、平民出身の騎士を冷遇していた。カミールが選ばれたのも貴族出身の騎士だからだろう。

対抗試合は騎士団の威信を懸けた戦いだ。

無様な負け姿を晒してしまえば、騎士団の顔に泥を塗ることはおろか、この国全体が舐められることにもなりかねない。

ヴァーゲンシュタイン騎士団は毎年惨敗を続けている。周辺諸国の騎士団からはお飾りの案山子だと揶揄されていた。今年こそは見返さなければならないはずだった。そのためには出自よりも実力を優先して選出する必要があった。

なのに、ルキフェス団長は貴族出身の騎士たちを選んだ。国や騎士団の威信より、自らのプライドを守ることを優先した。

幼い頃のカミールは騎士に憧れていた。

名誉と誇りを何よりも重んじ、主君や王都の人々を守るために勇敢に戦う。そんな高潔な騎士に自分もなりたいと思った。

だから騎士団に入団した。

けれど、実際に入団してみると、内実はまるで違っていた。

騎士団長であるルキフェスは王族と貴族以外の人間を見下し、庶民たちに対してはまるで目を向けようとしない。

気に入らない庶民や部下には容赦なく剣を振るう。

それでいて宰相や王族には良い顔をする——強者に媚び、弱者に対しては厳しい、騎士の風上にも置けない人間だった。

他の騎士たちも同じだ。

日頃の鍛錬を怠り、酒や遊びにばかり精を出す。

向上心を失い、いかに仕事で楽をするかばかりを考え、日々を怠惰に過ごすことに心血を注いでいる者ばかりだ。

中には向上心を持った真面目な騎士もいた。けれど、年月が経つと、周りの腐った連中に呑み込まれてしまった。

今もそうだ。

同じく選抜された貴族出身の騎士たちは自らの実力不足を自覚しながら、まるで顧みずにバカ騒ぎをしている。

話題と言えば、酒か博打か女の話ばかり。

反吐が出そうだ。

何より――。

そんな者たちに染まってしまった自分に何よりも反吐が出る。

かつての憧れを忘れ、いつの間にか鍛錬にも精を出さなくなり、日々をやり過ごすようになってしまった。

自己嫌悪に陥ったように見せかけて、その実、他の連中よりは内省できているだけマシだと慰撫している自分はどうしようもなく醜かった。

騎士たちとの打ち上げを終えると、二軒目に行こうという誘いを断り、カミールは一人帰路につくことにした。

あれ以上あの場にいたらどうにかなりそうだった。

頭の中のモヤモヤと酔いを醒ますために迂回して帰ることにした。しばらくして騎士団の練兵場の前を通りかかった。

音が聞こえた。

風を切るような音だった。

――誰かいるのか？

すでに夜も更けている。日も変わろうという頃だ。カミールは練兵場に近づくと、中の様子を恐る恐る窺ってみた。

人影があった。

――彼女は……。

そこにいたのは髪と同じ白銀の鎧を身に纏った女騎士。

エルザだった。

――こんな時間まで鍛錬に励んでいたのか。

つい先日の話だ。

庶民出身の騎士である彼女はルキフェス団長の不興を買い、騎士団で一人だけ選考会に参加することを禁じられてしまった。

あの時はさすがに彼女も落ち込んだ様子だった。

カミールは内心、エルザを気に入らなく思っていた。

彼女は王族や貴族の小間使いと化してしまった騎士団の中、一般市民たちを守るために尽力しようとしていた。周りの不興を買おうとも、その姿勢を貫き通していた。それは自分がかつて憧れた騎士の姿そのものだった。それが気に入らなかった。

市民を守るため、ルキフェス団長に剣を抜いたと聞いた時は驚いた。

なんて愚かな真似をするのだと呆れた。

その結果、ルキフェス団長に目を付けられ、干されることとなった。もう二度と騎士団内で出世することは叶わないだろう。

同情するのと同時に、清々してもいた。

これで彼女は今まで通りではいられなくなる。これまでのような、高潔な騎士としての魂は絶望で煤に塗れてしまう。

そう思っていた。なのに。

彼女はまるでめげずに遅くまで鍛錬に精を出している。

木剣を手にしたエルザは、無心に剣を振っていた。その姿を目の当たりにしたカミールは思わずはっとした。

——何て美しい太刀筋なんだ。

所作の全てに余計な贅肉が全くついていない。

ただひたむきに剣と向き合い続けてきた者だけが宿せる神聖さがあった。そしてそれは自分が持ち合わせていないものだった。

彼女が冒険者として頭角を現しつつあることは知っていた。

けれど、騎士団内では軽視されていたこともあり、剣を振っているところをまともに目に留めたことはなかった。

まさかこれほどまでとは思わなかった。

エルザの素振りを見ていると、酔いが急速に引いていくのを感じた。その代わりに強烈な恥ずかしさが込み上げてきた。

彼女が剣に打ち込んでいた間、他の騎士たちと酒を酌み交わし、鍛錬をサボっていた自分に対する羞恥の感情だった。

――女性だからとか、そういったことは関係ない。彼女は紛れもなく騎士だ。幼い頃に憧れた理想の騎士の姿そのものだ。

私は彼女のような騎士になりたくて騎士団に入ったんだ――。

遠く忘れていた想い(おも)が急速に呼び覚まされていくのを感じた。

気づいた時には足が動いていた。

カミールはエルザに恐る恐る声を掛けると、共に鍛錬をさせて欲しいと告げた。今からではもう遅いかもしれない。理想の騎士になるには、魂に贅肉がつきすぎた。けれど何もしないわけにはいかなかった。そうなれば本当に終わってしまう気がした。

エルザは一瞬戸惑ったような表情を浮かべたが、快く了承してくれた。誰に対しても分け隔てのない誠実な微笑(ほほえ)みと共に。

翌日からカミールはエルザと共に遅くまで鍛錬をこなした。飲み会の誘いや遊びの誘いは一切断ち切った。他の騎士たちは付き合いが悪いと不満げだった。それで彼らとの間に不和が生じるのならそれでもよかった。

ただ汗を流し、無心に剣を振るう。

勤務時間外に追加で行う鍛錬は、辛(つら)くて苦しかった。

だが充実していた。

少しずつ、自分の魂にこびり付いていた煤が落ちていく感覚があった。あるべき理想の形に近づきつつあるのを実感していた。

カミールたちが鍛錬を始めてからしばらく経った頃、何人かの騎士たちが自分も仲間に入れて欲しいと声をかけてきた。

カミールたちが夜間、人知れず剣を振っていることが騎士団内で噂(うわさ)になっていた。

声を掛けてきたのは庶民出身の騎士が大半だった。

しかし中には貴族出身の騎士もいた。

皆(みんな)、心のうちでは忸怩(じくじ)たる想いを抱えていたのだろう。今のままではダメだという想いを抱きながらも何もできずにいた。

しかし、王都の住民たちのために尽力していたエルザが冷遇され、それでも折れずに剣を振るい続ける姿を見ていても立ってもいられなくなった。

仲間に加えて欲しいと言ってきた中には、当初エルザを嘲笑していた者もいた。けれど彼女は何者も拒まなかった。寛容な心で全員を受け容れた。

カミールはそんなエルザの姿を見て思った。彼女には人の上に立つ器があると。多くの人間を惹きつける求心力を有している。

――彼女が騎士団長になれば、騎士団も変わるかもしれない。

庶民出身の騎士が騎士団長になった例はこれまでにない。まして女性が騎士団長の座に就くとなればなおさらだ。

反対する人間は大勢いるだろう。

けれど。

少なくとも自分は付いていこうと思った。


王都の朝。

練兵場には騎士団の面々が一堂に会していた。

騎士団長のルキフェスが、険しい顔で騎士たちに告げる。

「来週に控えた対抗試合に向け、鍛錬を強化する。今年こそ負けるわけにはいかん。私の顔に泥を塗ってくれるなよ」

エルザはその言葉を他の騎士たちと共に聞いていた。

自分には関係のない話だ。

以前までであれば落ち込んでいたかもしれない。

でも今は違う。

認められないことに気落ちはしない。

自分にできることを粛々とこなすだけだ。

それに誰も見ていてくれなくとも、少なくとも父上は努力を見ていてくれる。ならそのために毎日を頑張ろう。

「その件についてですが」

その時、カミールが口を開いた。

「もう一度、選抜メンバーを考え直していただけませんか」

「なに？」

「対抗試合に出場するには、私では力不足だと考えます。勝利を目指すのであれば、他にもっと適役がいるかと」

周りにいた騎士たちがざわついていた。

対抗試合に出場するのは騎士団の騎士にとっては誉れ高いことだ。その権利を自ら放棄しようというのだからムリもない。

「……ふん。その適役とやらは？」

「私はエルザを推薦します」

周りのざわつきがより一層大きくなった。

好奇の声や、驚愕の声、不安の声が入り交じっていた。

エルザもまた驚いていた。

「貴様も見ていたはずだ。私は奴に選考会に参加することを禁じた。そんな者を対抗試合に出場させろと？」

「はい。ですが、彼女の実力は本物です。私などとは比べ物にならない。勝利するための大きな戦力となってくれるでしょう」

それに、とカミールは続けた。

「対抗試合に出場する騎士には、武勇だけでなく、高潔さも求められます。彼女は誰よりも騎士としてあり続けています」

「随分と奴を買っているらしいな」

ルキフェスの冷たい眼差しを受けながら、カミールは内心で自嘲する。

以前までであればこんなことは絶対に口にしなかった。

ルキフェス団長の不興を買えば自らの進退が危うくなってしまうからと、怯え竦んで口をつぐんでいただろう。

けれど、エルザと共に鍛錬を積み重ねていくうちに変わっていった。

幼い頃、憧れていた理想の騎士であればきっとこうする。自分の意志を曲げず、圧力にも負けずに立ち向かうはずだ。

それにエルザを絶望させるわけにはいかない。

彼女はいつか騎士団長になれる器だ。この騎士団を変えることができる人間だ。それをこのまま飼い殺しにさせておくわけにはいかない。

「私からもお願いします！」

呼応するように、別の騎士が一歩前に出た。

「エルザを出場させてやってください！」

また別の騎士が口を開いた。

「私もエルザを推薦します」

そこから何人かの騎士たちが続けざまにエルザを推挙する声を上げた。

彼らは皆、エルザと共に鍛錬に励んでいた者たちだった。カミールの姿を見て、いても立ってもいられなくなったのだろう。

「皆さん……！」

エルザはその様子を見て驚愕していた。

誰も認めてくれていないと思っていた。

けれど、そうじゃなかった。

自分の努力を見てくれていた人はこんなにもいたのだ。

「貴様らは最近、エルザと夜間に練兵場で戯れているらしいな。ふん。共にいるうちに妙な情でも湧いたか？」

　ルキフェスは鼻を鳴らした。

「自らの手柄を譲ってでも認めた人間に機会を与える。美しい騎士道精神じゃないか。涙が出そうになる」

　そして目に邪悪な光を過らせた。

「だが、騎士団長であるこの私に口答えをした――その事実は見過ごせん。騎士団の戒律を破る者は粛正せねばな」

「「「っ!?」」」

　剣を抜き放ったルキフェスの姿を見て、騎士たちは息を呑んだ。彼は本気だ。今この場で自分たちを斬り捨てる気だ。

　騎士たちの表情は青ざめ、鎧越しにも分かるほどに震えていた。

「ま、待ってください！」

　エルザが慌てた様子で声を上げた。

「非礼であれば私が代わりに詫びます！　どうか彼らを赦してあげてください！」

「私の決定に異を唱えようとする者は、誰であろうと斬り捨てる。――それは今、口答えをした貴様も例外ではない」

「……っ！」

　ほとばしる殺気。

　エルザは腰に差していた剣の柄に手を添えた。迎え撃つしかない。でもそうすれば今度こそ騎士団にいられなくなる。

今まで積み上げてきたものが、全て崩れ去ってしまう。

——だとしても。

彼らを見捨てるくらいなら、それでも構わない。

自分の立場が危うくなることを覚悟して私を推薦してくれた彼らを守れなければ、騎士団に残っていても意味がない。

私は私の正しいと思ったことをする——。

踏み込んできたルキフェスに、剣を抜こうとした瞬間だった。

「まあ、待たんか」

突如として声が割り込んできた。

ルキフェスの動きがぴたりと止まった。そこに立っていた人物を視認すると、驚愕に目を大きく見開いた。

「ゴルゴン宰相……」

でっぷりと太った壮年の男だった。

豪奢(ごうしゃ)な金の刺繍(ししゅう)が施されたローブを身に纏(まと)い、胸のところには紋章が描かれた飾り帯が縦に通っている。

両手の指には悪趣味なほどに大きな宝石の指輪が嵌(は)められていた。

彼——ゴルゴン＝グランハートはこの国の宰相だ。

元々は宮廷魔術師の出身で、そこから宰相の座まで上り詰めた。

ルキフェスを騎士団長に任命し、先代のソドム王が亡くなった後、実質的に国の権力を牛耳っていると称される男だった。

突然の権力者の出現に、騎士たちはもちろんのこと、騎士団長であるルキフェスも緊張した面持ちだった。

ゴルゴンは悠然と脂肪のたっぷりと付いた顎を撫でる。

「その騎士――エルザと言ったか。随分と慕われてるようじゃないか。容姿が良いだけではこうも支持は得られまい」

エルザに視線を向けると、その後にルキフェスを見やった。

「彼女が相応の実力を持っているのなら選抜すべきだろう。来週に控えた対抗試合に勝つつもりがあるのならな」

「しかし……」

「不満か？」

「い、いえ……」

「そうだ。お前を騎士団長に任命したのはこの私だ。でももだってもありはしない。私の言葉には頷く以外の選択肢はない」

ゴルゴンはそう言うと、

「とは言え、実力のない者を選抜しても仕方がない。

ではこうしよう。今から彼女とお前が試合をする。そこで一撃でも入れられたら、彼女を選抜にするというのは」

ゴルゴンはルキフェスを焚きつけるように言う。

「騎士団において、お前に一撃を入れられる者はいない。それができれば、騎士団の代表になる資格がある。そうだろう？」

「……私が一撃も入れられることがなければ、奴を対抗試合には出場させない。そう解釈してもよろしいのですね」

「それは好きにするといい」

ゴルゴンは鼻を鳴らした。

「推薦した騎士たち諸共クビにしようと、斬り捨てようと構わん。力もないのに吠える者などいても仕方がない」

「……分かりました」

「ここのところうちの騎士団は連敗続きだ。今年も負けが続くようだと、我が国の威信が揺らいでしまいかねない。

これは他国との擬似的な戦争でもあるのだ。力が劣っていると判断されれば、いつの日か攻められかねん。

何としても、どんな手を使ってでも勝利を収めなければならない。そのためなら悪魔に魂を売ることも厭わん」

ルキフェスはゴルゴンの言葉に頷くと、エルザの方に向き直る。そして低く言うような声で告げた。

「今聞いた通りだ。貴様には今から私と打ち合いの試合をして貰う。一撃を入れることができれば代表にしてやる」

ただし、と言った。

「それができなければ、貴様らは終わりだ」

「…………」

エルザは静かに頷いた。

自分の双肩には騎士たちの命運も懸かっている。もし一撃も入れられなければ、全員が破滅の道を辿ることになる。

だが、首の皮一枚繋がった。

一撃を入れることができれば対抗試合に出場できる。手柄を立て、騎士団内での立場を変えることができるかもしれない。

「言っておくが、私は手加減など一切しない。貴様のような庶民出身の、それも女に一撃を入れられることなどあり得ない」

ルキフェスは木剣を構えると、全身から剣気を迸らせる。

「全力で叩き潰してやろう――羽虫」

騎士たちはその気迫を前に仰け反るほど気圧されていた。

しかし、エルザは全く動揺することがなかった。湖面のように澄んだ心で、ただ目の前のルキフェスとの勝負に集中する。

王都に来てからはっきりと分かったことがある。

村にいた頃は、王都には父上と同じか、それ以上の剣士がいるのかと思っていた。所詮は自分は井の中の蛙でしかないのだと。

けれど、違った。

父上のような剣士など、王都に一人もいなかった。

それは騎士団長であっても例外じゃない。

——父上と比べると、全く大したことがない。

大丈夫だ。

普段の父上との打ち合いを思い出せば、必ず一撃入れることができる。世界最強の剣士と毎日戦ってきたのだから。

「——参ります！」

エルザは木剣を構えると、恐れることなく前に踏み出した。

日が暮れた後、宿の食堂には娘たちが集まっていた。

俺が厨房で作ったシチューとパイを、リズベスさんが配膳していく。その手つきはまだ多少危なっかしいものの、充分見ていられる。

今日は祝勝会だった。

「では、エルザの選抜入りを祝して——乾杯！」

アンナが音頭を取り、皆で杯を交わす。

とは言え、娘たちはまだ十五歳なので、中身は葡萄ジュースだ。

「しかし、凄いじゃないかエルザ」俺は一口目を飲んだ後に口火を切った。「騎士団長と打ち合いをして勝つなんて」

「しかもただ勝っただけじゃなく、圧勝よ、圧勝！」

とアンナが言った。

「今まで散々見下してきたエルザに完膚なきまでにボコボコにされて、ルキフェスの奴は面目丸潰れでしょうね」

いい気味よ、と嬉しそうに杯を傾ける。

エルザは対抗試合の選抜入りを賭けて、騎士団長のルキフェスと試合をした。

一撃を入れられれば選抜入り、それができなければ良くて除隊処分、最悪の場合は斬り捨てられてしまうこともあり得た。

人生の懸かった大勝負に、エルザは見事勝利した。一撃を入れるどころか、ルキフェスを打ち倒してしまった。

現場で見ていた騎士曰く——圧倒していたそうだ。二人の格の違いを見せつける結果になっていたのだと。

「そういえば、王都の人たちは皆このことを知っていたようだったけど。いくら何でも広まるのが早すぎないか？」

「私が広めたの」

「え？」

「騎士団長が新人の女騎士に叩きのめされたって。尾ひれ背びれも付けてね。ルキフェスは一般市民たちからは蛇蝎のごとく嫌われていたから。今じゃ王都中の笑いものよ。これで威厳は完全に失墜したでしょうね」

アンナはしてやったりの表情を浮かべる。

「ルキフェスの求心力はガタ落ち、恐怖政治で支配しようにも、もはや威厳がないから誰も言うことを聞かなくなるわ」

これまで誰もルキフェスに文句を言えなかったのは、奴を恐れていたからだ。皆、恐怖の鎖に支配されてしまっていた。

けれど、それは効力を失ってしまった。

エルザがルキフェスを完膚なきまでに叩きのめしたことによって。

アンナはそこまでを見越して王都中に情報を拡散させたのだろう。ルキフェスは取るに足らない存在だと皆に認知させた。

「エルザは王都の人にも好かれてるし、騎士団内の見る目も変わったでしょ。騎士団長になれる日も近いかもね」

「まだまだです。来週には対抗試合が控えていますから。そこでも結果を残して、騎士団に勝利をもたらすことに集中しないと」

「エルザは真面目だねー」

メリルはそう言うと、俺の胸の中に飛び込んでくる。

「それはそうと、めでたいからボクのこと撫で撫でしてー♪」

「関係なくないか？」

まあ減るもんでもなし、言われた通りに撫でてやる。

メリルは猫みたいに「ごろごろにゃーん」と喉を鳴らしていた。エルザとアンナはその姿を見て不服そうにしていた。

「というかメリル、あれの開発はちゃんと進んでるの？」

とアンナはメリルを俺から引き剝がしながら尋ねる。

「進捗が聞こえてこないけど」

「ちゃんとやってますー」

メリルは頬を膨らませる。

「ボクは人に無理やりさせられたことはサボりまくるけど、自分でやるって決めたことは真面目にこなすからね」

「あなたに冒険者たちの未来が懸かってるんだから頼むわよ」

「はいはーい」

冒険者の未来が懸かっている？　何の話だろうか？　俺が気になっていると、エルザが改まった様子で言ってきた。

「これも全て父上のおかげです」

赤らんだ頬を緩めている。

「父上が助言してくれたからこそ、腐らずに努力を続けられました。それが今回の結果に繋がったのだと思います」

「エルザが頑張ったからだよ。俺は背中を少し押しただけだ」

俺が何をしたわけでもない。

エルザは自分自身で道を切り開いた。

ただそれだけのことだ。

「ねえ、パパ。実は私も困ってることがあるんだけど」

俺たちの会話を聞いていたアンナがふとそう切り出してきた。

「少し手を貸して貰えないかしら」


翌日、俺は冒険者ギルドに足を運んでいた。

しっかり者のアンナが俺を頼ってくるのは珍しい。

もしや冒険者ギルド関連だろうか――と予想していたら案の定だった。仕事で何かしらの困り事が発生したらしい。

身元を隠すために仮面を着けて冒険者ギルドの門を潜ると、そこは大勢の冒険者たちでごった返していた。

今日も賑わっているな。

さて、アンナの姿はどこに——と辺りを見回していた時だった。

「はあ!?　またですか!?」

叱責する声が響いてきた。

冒険者たちは一斉に声が聞こえてきた方を見やったが、声の主を視認すると、いつものことだというふうにすぐに向き直った。

果たして視線の先にはアンナの姿があった。受付嬢の制服姿の彼女は、猫目の受付嬢に対して詰め寄っている。

「前にも私、言いましたよね？　身の丈に合わない依頼を発注しないようにって！　彼らの身に何かあったらどうするんです!?」

「そ、そない怒らんといて〜や。アンナちゃんせっかく美人さんやのに、しかめ面してたらもったいないで？」

猫目の受付嬢はアンナを宥めるようにそう言うと、「ほら、スマイルスマイル♪」と口角を指で持ち上げた。

「あなたが私をそうさせてるんでしょうがァ！」

「ひええ！　堪忍やーん」

しかし却(かえ)って火に油を注ぐ結果になっていた。

「アンナ、来たぞ」

俺が声を掛けると、アンナたちがこちらを見た。

「パ……じゃなかった。来てくれてありがとう」

アンナにはギルド内では俺のことはパパと呼ばないよう事前に釘(くぎ)を刺していた。

「声を荒げてどうしたんだ？」

「それがね……」

アンナの話を要約するとだ。

詰められていた猫目の受付嬢――アネモネが先ほど発注していたのは本来Bランク以上の冒険者しか受けられない依頼だった。

にも拘(かか)わらずだ。

それをCランク冒険者たちに発注してしまったのだと言う。

「それ自体も問題だけど、誤発注じゃないのも問題よ。アネモネ班長、あなた、分かっていたのに発注したでしょう」

「それはまあ、この任務を受けられる冒険者がおらんかったし……あの子らも達成できるって自信満々に意気込んでたし？」

「ん？　班長？」

引っかかった俺は思わず尋ねる。

「ええ。私たちの班の班長よ」

「ということはアンナの上司？」

「そうなるわね」

「…………」

　上司相手に詰めまくっていたのか。

「もたもたしてたら他の班に手柄を取られてたかもしれへん。ノルマ達成できへんかったらうちが上から詰められてまうんやで？」

「受注条件を満たしてない冒険者を送り出して、もし死なせでもしたら、その方がずっと叱られることになるでしょうが」

　ぎろりと睨むアンナに、アネモネは取り繕うように言う。

「だ、大丈夫や！　あの子らは前にもBランクの依頼を受けてたけど、その時はちゃんと達成できてたし！　だから今回もきっと大丈夫なはず。なっ？」

「何のために冒険者のランク制度を導入してると思ってるの？　冒険者たちが分不相応な依頼に出て犠牲になるのを防ぐためでしょう？」

「せ、せやけど……」

「ノルマの数字を上げることより、冒険者たちの命を守ることの方が大事でしょう？　私、何か間違ったことを言ってますか？」

「お、おっしゃる通りですぅ」

みっちりと叱られたアネモネは、たじたじになっていた。

どっちが上司か分からない。

アンナは溜息をつくと肩を竦める。

「ま、アネモネ班長だけが悪いわけじゃないわ。元を正せば今の冒険者ギルドの仕組みに問題があるせいだから」

「冒険者ギルドの仕組み？」

「より多くの任務を達成して利益を上げるために、受付嬢たちを班分けして、班ごとに数字を競わせてるの。私はアネモネ班長の班員」

アンナは指を立てる。

「数字を上げられれば賞与も出るし、出世もできる。だけど、それができなければ減給に降格処分が待っている。

そうなると自然、皆が血眼になって数字を上げようとする。班同士が縦割りになり、対抗意識を燃やすようになる。他の班に後れを取るわけにはいかないと、冒険者たちに無茶な発注をする者も出てくる。今みたいにね」

ぎろりとアネモネの方を見やると、彼女は猫のような目を細めながら「堪忍やーん」と鳴き声のように呟いていた。

「けどアンナちゃん、そんなに睨み付けてたら、若いのに眉間に皺ができるで？」

「…………」

　この人、神経を逆なでするような発言が多いな。デリカシーに欠けるというか。無意識でやっているとすれば凄い。

「アネモネ班長だけじゃない。受付嬢たちは自分のお抱えの冒険者たちに、無茶な依頼を発注し続けている。保身のために。冒険者側からすると、規定ランクに到達していなくても上級ランクの任務を受けられるのはメリットだけど……そんなことをすれば、当然犠牲になる者も多くなる。今期の冒険者の犠牲者数は過去最多になったわ。こんな焼き畑みたいなやり方をしていたら冒険者がいなくなってしまう」

　俺はいつかの光景を思い出していた。

　過去に来たばかりの頃、冒険者ギルドにアンナの姿を捜しに来たことがあった。受付嬢に尋ねると知らないとはぐらかされた。

　思い返せばなぜ同僚のことを知らないとしらばっくれたのか謎だったが、その前に俺は自分を一応冒険者だと名乗っていた。

　アンナから話を聞いた今では腑に落ちた。

　その受付嬢は俺がアンナに依頼書を持っていこうとしているのだと思い、それを自分が代わりに受領しようと目論んだのだ。

　そうすれば自分の手柄になるから。

「俺が冒険者だった頃は今のような仕組みじゃなかった」

「数年前に変わったの。宰相からの要請があってね。それからよ、冒険者ギルドが過剰に利益を重視するようになったのは」

アンナは不満そうに吐き捨てた。

「上層部は数字が上がればそれでいいのかもしれないけど、冒険者たちは人間よ。家族もいれば恋人もいる。彼らが犠牲になれば、多くの人たちが悲しむ。

もちろん、冒険者が危険な職業である以上、完全に犠牲をなくすのは難しい。けど今の状況はどう考えても間違ってる。

冒険者たちの家族に戦死したことを報告に行った時の家族の泣き叫ぶ姿――あんな悲痛な様子はもう二度と見たくないもの」

アンナはギルドの職員として、任務で戦死した冒険者の報告を家族の下に届けた経験が何度もあるのだろう。

その時のことを思い返しているのか、表情を痛ましげに歪めていた。

「私はギルドマスターになって、冒険者ギルドの仕組みを根本から変える。利益と冒険者の安全の両方を取ってみせる。誰にも文句は言わせない」

「なるほどな」

ビジネスである以上、数字を上げることも必要になる。だから数字を上げつつ、冒険者の安全もきちんと確保する。

アンナらしい考え方だと思った。そして彼女にならそれができる。父親である俺がそのことを一番よく理解している。

「アンナちゃんはほんまに優秀やからな～。もしかすると史上最年少でのギルドマスターにもなれるんちゃうか？」

アネモネは笑みを浮かべて言う。

「あ、でも、そのためにはもうちょっと気性の荒さは直さなあかんかも。特に直属の上司に噛み付くところとかな～」

「………」

そろそろ引っぱたかれてもおかしくない。

俺は暴力沙汰になる前に話題を変えた。

「それで俺は何をすればいい？」

「さっき出ていった冒険者たちの受領した任務は適性ランクを超えているの。それに前の任務を終えてから休養期間も充分に取れていない。正直かなり危険だと思う。だから彼らの手助けを陰からしてあげて欲しい」

「分かった」

「適性ランク以上の任務を受ける冒険者側にも問題はあると思う。でも、何よりも悪いのはそれを斡旋したギルド側だから。

彼らがみすみす犠牲になるのを、指を咥えて見ているわけにはいかない。その尻拭いをさせちゃうのは申し訳ないけど」

「構わないさ。任せておいてくれ」

他ならぬ娘の頼みでもあるし、冒険者たちのことも放ってはおけない。正体を隠した上でなら一肌脱いでも問題ないだろう。


王都から半日ほど西に向かった先にある村。

その裏手を覆うように鬱蒼と茂る森林の最奥地に、Ｃランク冒険者――ロロ＝ラランドの率いるパーティの姿があった。

彼らは討伐対象の魔物と相対していた。

頭部に二本の角を生やし、岩石のように屈強な筋肉質の巨体。その体表は獲物の返り血を塗り込んだかのような深い朱色。

その赤鬼の魔物――オーガは本来Ｂランクの冒険者が複数人か、Ａランク以上の冒険者が討伐には必要だと言われている。

けれどロロのパーティはいずれもＣランク級の冒険者のみ。

短剣使いのロロはもちろんのこと、前衛の大盾使いのドミニカ、後衛の魔法使いのリンに至るまで全員Ｃランク冒険者だった。

適性ランクには達していないが、彼らはその任務を受けた。

今年で十八歳になるロロたちは、とある野望を抱いていた。

史上最年少でのＳランク冒険者への昇格。

それを達成することを目指していた。

そのためには高ランクの任務を次々とこなし、実績を積み重ねる必要があった。

足踏みをしている時間なんてない。

あの冒険者ギルドのおさげの髪の受付嬢——アンナとか言ったか——はまだ俺たちの力はBランクには及ばないと言っていた。

無理をせず、着々と歩みを進めていけばいいと。

——大丈夫だ。まだ認定されてないだけで俺たちはBランク級の実力がある。冒険者ギルドの連中の目が節穴なだけなんだ。

実際、以前に受注したBランク級の討伐任務は達成できた。

ロロたちはその成功を受けて確かな自信を得ていた。

俺たちならできる。

本来のランクよりも上の任務であっても達成できる。

しかし。

オーガと交戦を始めてすぐに、旗色が変わった。

オーガの振るう棍棒を受けた大盾使いのドミニカは盾ごと粉々に砕かれ、背後の大木の幹に背中を打ち付けて意識を失った。

「——は？」「え？」

ロロも魔法使いのリンも唖然とした。

これまで数々の魔物の攻撃を受け止めて防いできたパーティの盾のドミニカが、たった一撃で沈められてしまった。

なんだ今の破壊力は。

大盾使いのドミニカだったからまだ気を失うくらいで済んだものを、ロロやリンなら今の一撃で完全に終わっていた。

どうする？　逃げるか？　いや、無理だ。ドミニクを背負っては逃げ切れない。その前に追いつかれて叩かれる。

だったら置いていく？　バカ言うな。仲間を置いてはいけない。今までずっとこの三人でやってきたんだ。これまでも、これからも。

なら戦うしかない。

「俺が時間を稼ぐ！　その隙に最大魔力で攻撃しろ！」

「う、うん！」

まだ勝機が完全に消え去ったわけじゃない。

リンの最大火力の魔法を叩き込めば――。

そのためには時間が必要だ。ロロが囮となり、魔法の詠唱時間を稼ぐ。一撃でも貰えばその時点でゲームオーバーだ。

オーガの繰り出す攻撃を懸命に躱し続ける。

その間にもリンは集中し、詠唱を紡ぎ続ける。

「火焔の渦巻き、爆裂の轟音、我が前に敵なし！　炎よ、我が使命に従え！　熱狂の炎を以てその魂を焼き尽くす！」

長杖を両手で握りしめ、静謐に紡いだ言霊が魔力を増幅させていく。練り上げた魔力を一点に集約させる。

「我が力のもとに、その熱破壊を遂げよ！——ボルケーノ！」

次の瞬間——オーガの足下に巨大な魔法陣が展開された。灼熱の火炎が全身を呑み込むように激しく噴き上がる。

その火柱は天を突くように伸びていった。

「——よし！　やった！」

リンの持てる力の全てを振り絞って発動させた渾身の切り札。

さすがのオーガも一溜まりもなく消し炭になったはずだ——そんなロロの期待は数秒後に跡形もなく霧散することになった。

火柱が収まった時、オーガは何事もなかったかのようにその場に屹立していた。朱色の体軀には火傷一つ負っていない。

「嘘……!?」

リンは目の前の光景に絶望したように、力なく尻餅をついた。

彼女は優秀な魔法使いだ。

特に火魔法においては、ロロたちの故郷の村では右に出る者はいなかった。どんな魔物も消し炭にできると豪語していた。

ロロもそう信じていた。なのに——。

「リン！　逃げろ！」

「今ので魔力を使い果たしちゃって。た、立てない……」

「——っ！」

尻餅をついたまま、今にも泣きそうな表情で呟いたリンを見て、反射的に駆けたロロは彼女を背に庇うようにして立ちはだかった。

オーガが棍棒を振りかぶるのを見た瞬間、終わりを悟ったロロは、今さらながらに後悔の念に包まれていた。

敵がこんなにも強いなんて思っていなかった。

あの受付嬢の言うことは正しかった。

オーガと戦うには、今の自分たちの実力ではまだ早すぎた。彼女の忠告を無視して勇み足になった結果がこれだ。

ドミニクとリンと過ごしてきた思い出が走馬灯のように駆け巡る。

史上最年少でのSランク冒険者を目指して共に切磋琢磨した、苦しくも楽しい、輝きに充ちたかけがえのない日々。

振り下ろされた巨大な棍棒は、ロロの走馬灯ごと脳天を叩き割る前にしかし、ぴたりと空中で停止していた。

「ふう、間に合ってよかった」

「……え？」

目の前に長身の男が立っていた。

ロロは自分の目を疑った。

仮面を被ったその男は、オーガの棍棒を片手で受け止めていた。

オーガは叩き潰そうと両腕に血管が浮かぶほど力を込めていたが、受け止められた棍棒はまるでびくとも動かない。

「もう大丈夫だ。すぐに終わる」

仮面の男は口元に笑みを浮かべながらそう言うと、棍棒をオーガごと持ち上げ、地面に勢いよく叩きつけた。

背中から落ちたオーガに向かって手をかざすと、次の瞬間、オーガを覆うように地面に魔法陣が浮かび上がってきた。

魔法陣が輝きを放ち、天を突くように猛烈な火柱が噴き上がる。

あれは――ボルケーノ!?

先ほどリンが放った上級の火魔法――それを詠唱なしで放った。

しかも、効いている。

オーガは苦悶の声を上げたかと思うと、灼熱の火炎に全身を呑み込まれ、あっという間に消し炭になった。

「これで片付いたな」

段違いの威力にロロが啞然としていると、仮面の男は振り返り、大木の前に倒れていたドミニクの姿を見やる。

「彼もまだ息がありそうだ」

近づいていくと、その場にしゃがみ込み、治癒魔法をかけ始めた。手のひらの暖かな光がドミニクの傷口を癒やしていた。

その様子を呆然と眺めていたロロは、思わず尋ねていた。

「あ、あんた何者なんだ」

「通りすがりの冒険者だよ」

「ぼ、冒険者!?」

こんなに強い冒険者を、今まで見たことがない。

「ランクは？」

「Aランクだ」

その言葉を聞いた瞬間、衝撃を受けた。

オーガの怪力を片手で受け止める筋力に、上級火魔法のボルケーノを詠唱なし——致命傷になるほどの威力で放てる魔力。

Aランク冒険者——何もかもが遠すぎる。

「野心があるのは結構だが、無茶をするのはいただけないな」

治癒を終えると、仮面の男は言った。

「君たちには才能があるんだ。焦らずに着々と積み上げていけば、目指している場所にもいつの日か辿り着ける」

　ふっと口元を優しげに緩めると、

「それじゃ、帰りは気を付けて」

　そう言い残し、その場から颯爽と去っていった。

　しばらくして、ドミニクがむくりと身を起こした。

　辺りをきょろきょろと見回して、「いったい何があったんだ？」と問いかける。戦闘の衝撃で記憶が抜け落ちているようだった。

「ねえ、どうする？　この後もBランクの任務を続ける？」

「いや……」

　リンに尋ねられ、ロロは首を横に振った。

　仮面の男と出会ったことで、自身の認識を改めた。

　Aランクの壁は遠く、厚い。

　――けれど、到達できないとは思わない。

　一歩ずつ着実に進んでいこう。そうすればいつか辿り着けるはずだ。

　オーガと交戦していた冒険者たちを助太刀した後、同じように無茶な任務を受けていた者たちを助けて回った。

おかげで無為な犠牲を出さずに済んだ。

その間、アンナが上層部に状況の改善を訴えていた。

しかし――。

「あっさりと突っぱねられたと」

終業後の冒険者ギルドの受付にて、憮然とした面持ちをしたアンナは苛立たしげに額を手のひらで押さえながら言った。

「ええ。最近は犠牲者が出ずに回ってるのだから問題はないって。パパが皆を助けたのが裏目に出たみたい」

「なるほど」

「いっつもそう！　現場の頑張りのおかげでギリギリ回ってるだけなのに！　上はそれが当たり前だと思って！」

「まあまあ」

「言っとくけど、パパがいなかったら今頃犠牲者出まくってるから！　冒険者たちの屍が積み上がりまくることになるから！　もういっそ何もせずに傍観してみようかしら。そうすれば上の連中も少しは理解するでしょうし」

「そんなことはできない。だろう？」

俺は宥めるように言った。

「アンナは冒険者たちのことを見捨てたりはしない」

「……まあね」

　アンナは少し落ち着きを取り戻したようだ。

「だが困ったな。今の状況はいつまでも続けられない。俺の身体も一つしかないし、いずれ破綻するのは目に見えてる」

「一応、策は考えてはいるんだけど」

「と言うと？」

「冒険者たちが無茶な任務に出て殉職する原因は、魔物との交戦もあるけど、高ランク帯の任務地に辿り着くまでが大変なのもあるの。

　休みなく長時間の過酷な行軍をした後、魔物と交戦するからやられちゃう。万全の状態であれば生存率もぐっと上がる。

　だから私は過酷な任務地に休憩所を作ろうと考えてるの。そこで体力を回復すればその後の戦闘も有利に運べるでしょう」

「確かにそうかもしれない。だが、魔物たちの住み処の近くに休憩所を作っても、すぐに破壊されるんじゃないか？」

「普通ならね。そこでメリルの出番よ」

　アンナは人差し指を立てた。

「あの子が今開発してる魔導器を使えば、魔物を遠ざけることができる。一度魔力を装塡すれば長期間持つみたいだし」

それなら定期的に魔法使いが魔力を装塡しに行くだけで維持できる。人を常駐させる必要はないから管理コストもかからない。

「この前、ついに開発の目処が立ったって言ってたから。すぐに取りかかれるよう、設置の準備は進めてるの」

アンナは言った。

「ギルドマスターにも根回しして了承も取り付けたから、あとはあの子が魔導器を無事に完成させるのを待つだけ」

「仕事が速いな」

「優秀ですから」

アンナは冗談めかしながらも胸を張る。

「でも、メリルにはとても敵わない。あの子は天才よ。常人にはできないことを、いとも容易くやってのけちゃうんだもの」

「本人に言ってやったら喜ぶぞ」

「そしたら調子に乗るでしょ？」

それは間違いない。

「私はエルザやメリルみたいな天才にはなれないけど。でも、あの子たちを支えることはできるから」

天才は一人では偉業を達成できない。

アンナのように支えてくれる人がいるからこそ、彼女たちは本領を発揮できる。どちらが欠けても世界は成り立たない。

アンナはふっと微笑んだ。

「メリルは最近、寮の自分の部屋に籠もってずっと根を詰めてるみたいだから。良かったら様子を見に行ってあげて」


アンナに教えて貰った魔法学園の寮の住所を尋ねる。魔法学園から徒歩で五分ほどの場所にある小綺麗な建物だった。

立派な建物だ。見上げないと屋上が見えないほど大きい。

一階には共同食堂があり、メリルの部屋は最上階の角部屋だった。特待生だから優遇されているのだろうか。

メリルの部屋の呼び鈴を鳴らすが、反応がない。

何度か繰り返したが同じ結果に終わった。

試しにドアノブを引いてみると、あっさりと開いた。鍵が掛かっていなかった。不用心だなと思いつつ中を覗いてみる。

カーテンの閉め切られた薄暗い室内。

魔法書や研究用の機材がごちゃごちゃと足の踏み場もないほどに散らかり放題になった部屋の奥にメリルの姿があった。

机に向かって集中していたメリルは「――はっ!?　パパの気配!?」と呟くと、反射的に背後を振り返った。

「やっぱり！　パパだー♪」

メリルは足下の散らかった機材を軽快に踏みしめながら駆けてくると、俺の胸元に元気よく飛び込んできた。その姿は尻尾を振る子犬みたいだった。

「なになに？　ボクちゃんにそんなに会いたかったの？」

「アンナに根を詰めて研究してるらしいって聞いたからな」

俺はそう言うと、手に持っていた包み紙を渡す。そこにはメリルの好物であるアップルパイが入っていた。

「差し入れだ。甘いものは疲れた脳に効くだろ」

「わーい♪　パパ大好き！」

メリルはパイの入った包み紙を愛おしそうに抱きしめながら、その場でくるくると回転して喜びを露わにしていた。

「でもボクにとっては、パパが来てくれたことが一番の差し入れだよん」

「はいはい」

その場で包み紙を開け、床に座り込みながらパイを美味しそうに頬張るメリルに、俺は飲み物を入れてやることにした。

買ったままの茶葉が台所に放置されていたので紅茶を入れて持っていくと、メリルは息をふーふーと吹きかけていた。猫舌なのだ。

「研究は順調か？」

「うん、バッチリ」

「さすがだな」

「パパの娘だからねー」

メリルは得意げに胸を張ると、紅茶に口を付けようとして、「あっちっち」と慌てて舌を引っ込めた。

「まだ熱いのか？　ある程度、冷ましてから持ってきたつもりだが」

「パパ、ふーふーして～」

「それが狙いか」

俺は苦笑すると紅茶を息で冷ましてから飲ませてやる。この姿をアンナに見られたらまた苦言を呈されるだろうな。

「パパ、昔言ってたよね。魔法は皆の生活を豊かにするためにあるって。人のためになるからこそ価値があるんだって」

村にいた頃を思い出す。

俺はメリルにそう諭した。

「魔導器ができたら井戸に行かなくても水が手に入るし、お風呂も沸かせるし、王都の皆の生活が豊かになるでしょ」

「ああ」

「ボク、ちゃんと魔法使いできてるよね？」

上目遣いで見つめてくるメリル、その小さな頭に手を置いた。

「そうだな。メリルは立派な魔法使いだ」

「むふー」

撫(な)でてやると、メリルは嬉(うれ)しそうに喉を鳴らしていた。

今度は猫みたいだ。

「でも、部屋はもう少しどうにかならないのか？　散らかりまくりじゃないか。どこに何があるか分からないだろ」

「ちっちっち。それがボクちゃんには分かるんだなー」

「それに郵便受けにもたくさん郵便物が溜(た)まっていたぞ。溢(あふ)れ返ってたから、思わずここに持ってきてしまった」

共同ポストに溢れんばかりに詰め込まれていた郵便物を渡す。不用心なことにポストの蓋も開けっぱなしだった。

「大事な書類もあるかもしれないんだ。定期的に確認しないとダメだぞ」

「しばらく溜めちゃうと、確認するの面倒臭くなっちゃうんだよねー。何かもうポストの蓋を開けるのもイヤになっちゃう」

俺は中身を見ないよう、届いた郵便物を仕分けしていく。

その大半はポスティングされた店のチラシだった。

レストランや屋台、スイーツのお店の宣伝が打たれている。

中には魔法学園からの封筒もあった。

メリルに言われて代わりに確認すると、成績報告の通知書だった。

メリルは見事に全ての科目で最上級の評価を得ていた。だがその代わり、遅刻と欠席の日数もずば抜けていた。困ったものだ。

「ん？　これは？」

仕分けしていると何も書かれていないまっさらな封筒が出てきた。宛名も差出人名も記載されていない。

「なんだろね？」

封を開けると、メリルと共に中身を確認する。

その瞬間息を呑んだ。

そこには真っ赤な文字でこう綴られていた。

『魔導器の開発から手を引け。さもなくば全てを失うことになる』

「「…………」」

俺とメリルは顔を見合わせた。

「これは？」

「脅迫文——だろうな……」

文面からして間違いない。

何者かがメリルの魔導器開発を阻もうとしている。

それも強引な手段を使って。

——けれど、いったい誰がどんな目的で？

脅迫文の入った封筒はその一通だけじゃなく、何通も投函されていた。後に投函されたものになるほど内容が過激になっていった。

「ボクちゃん、モテモテだねー」

「悪いモテ方だけどな」

「でも全然気づかなかったなー。郵便物なんて見なかったから」

脅迫文を送りつけられたにも拘わらず、メリルはあっけらかんとしている。まるで恐怖は感じていないらしい。

郵便物を全く見なかったことで、結果的に脅迫を無視し続けていることになる。差出人の神経は逆なでされていることだろう。

そろそろ痺れを切らしてもおかしくはない。

「最近、誰かに接触されたりはしなかったか？」

「ううん」

メリルが優秀な魔法使いであることは相手方も理解しているはずだ。ならおいそれとは接触してこないか。

考えろ。敵はどんな手を使ってくる？

「そういえば今日、部屋の鍵が掛かってなかったが。いつもそうなのか？」

「だいたいは。つい忘れちゃうんだよねー」

メリルの部屋は鍵が常時開けっぱなしの状態になっていた。つまりその気になれば、誰でも楽に出入りすることができる。

そして足の踏み場もないほどに散らかった部屋。

何かを仕掛けるにはうってつけだ。

もし俺が敵の立場であればどうする？

メリルに魔導器の開発から手を引かせたいが、再三の忠告を無視してきたら。

その次に取る行動は恐らく実力行使だろう。

部屋を勝手に荒らして研究成果を持ち去る？　もしくは部屋ごと破壊する？　それだけではまだ充分とは言えない。

メリルが存在する以上、いずれまた研究に着手して魔導器を完成させうる。

だとすればもっとも確実なのは――。

その答えに至るのと同時に、猛烈に嫌な予感がした。

足下に散らばっていた機材や魔法書を急いでどかす。床が見えると、その上に幾何学的な模様の断片が描かれていた。

それを目の当たりにした途端、全身の血の気が引いた。

これは……！

時限式の爆破魔法陣――。

「メリル！　摑まれ！」

俺はメリルを脇に抱きかかえると、窓を突き破り、夜空に身を投げ出した。

その数瞬後。

世界が白い光に包まれたかと思うと、部屋が大爆発を起こした。轟音と熱風が背中越しに激しく吹き抜けていった。

「うわお!?　ボクの部屋が!?」

宙に身を躍らせながら、突然の部屋の爆発にメリルはびっくりしていた。

風魔法を使って地上に降り立つと、寮の最上階――爆発したメリルの部屋からは火の手が勢いよく上がっていた。

――まだだ。

俺は即座に辺りを見渡した。

爆破魔法陣を仕掛けたとなれば、起爆後の様子を見に現場に来ているはずだ。ちゃんと仕留められかどうかを確認するために。

事態を聞きつけて集まっていた野次馬たちの中に怪しい人影を見かけた。

漆黒のローブをかぶり、人相が見えないように繕っている。燃えさかるメリルの部屋を見上げながら薄笑みを浮かべていた。

あいつか――！

駆け出そうとした瞬間、向こうもこちらに気づいた。

はっとしたように目を見開き、俺の傍にメリルが健在でいることを確認すると、目論見が失敗したことを理解したのだろう。

忌々しげに舌打ちをし、踵を返して慌てて逃げ出した。

「逃がすか！」

追いかけようとした瞬間、寮の建物から悲鳴が聞こえてきた。

最上階のベランダに女子生徒の姿があった。

メリルの部屋に寄生していた炎が燃え移り、火の手が女子生徒を今まさに呑み込もうとしているところだった。

「た、助けて！」

「パパ！」

「ああ！」

生徒の命には替えられない。

俺は風魔法を使って跳躍すると、ベランダの縁に着地する。

「もう大丈夫だ」

「は、はい……」

　女子生徒を抱きかかえて飛び、地上に降り立つと、周囲にいた野次馬たちの間から拍手と歓声が沸き起こった。

「さっすがパパ、格好良い～！」

　メリルが一番盛り上がっていた。

　辺りを見回すが、すでに怪しげなローブの男の姿は消えていた。

　逃げられてしまったようだ。

　……仕方ない。無事に生き残れただけでもよしとしよう。見たところ、寮の住民たちに怪我人も出ていないようだし。

「あーあ。部屋なくなっちゃった」

　メリルは残念そうに自室の残骸を見上げていた。

「ま、でも片付いたからいっか」

　ポジティブ思考すぎる。掃除にしては派手すぎだ。

「だが、部屋にあった成果物も破壊されてしまったな」と俺は呟いた。「せっかく魔導器の開発も順調に進んでいたのに」

「それはもうとっくに終わってるよ？」

「え？　そうなのか？」

「うん。魔法学園の研究室に置いてる。もし全部壊されたとしても、作り方は覚えてるからすぐに作れるよん」

「……じゃあずっと部屋で何を研究してたんだ？」

「おっぱいが大きくなる薬！」

メリルはダブルピースをする。

「ないすばでぃーになってパパを魅了しようと思って♪」

「…………」

俺も敵も完全にメリルに踊らされていたらしい。


「まさか、魔導器の開発を邪魔しようとしてる連中がいたなんてね。部屋ごと消し去ろうとするなんて正気の沙汰じゃないわ」

俺とメリルはあの後、冒険者ギルドに来ていた。

事情を聞いたアンナはほっと胸をなで下ろす。

「でもよかった。パパとメリルが無事で。メリルからすると、住むところがなくなったのは災難だったでしょうけど」

「ぜーんぜん。むしろボクちゃん的にはラッキーだったよ」

「ラッキー？」

「部屋も綺麗さっぱり片付いたし、パパの格好良いところも見られたし」

何より、とメリルは言った。

「これで四六時中パパといっしょにいられるからねー♪」

「魔導器の開発を阻もうとする連中に、メリルがいつ狙われるか分からない。なら俺の傍に置いていた方が安心だろうからな」

しばらくは宿に泊まって貰うつもりだった。

リズベスさんの了承もすでに得ている。

「そゆこと。犯人には感謝しないとねー」

「……心配して損した」

アンナは呆れたように額に手をついた。

「ま、パパが傍にいてくれるなら絶対安全でしょうし。魔導器の開発もすでにできてるのなら言うことはないわ」

そう言うと「いや待って、言うことあったわ」とすぐに訂正した。

「完成したなら、私に報告するように言ってあったでしょ？　何をしょーもない薬の開発に没頭して報告を怠ってるのよ」

「いだだだだ！　忘れてたの！　それにしょーもなくないし！　ないすばでぃになるのは重要なことだし！」

報告を怠っていたメリルの耳をつねり上げていたアンナは溜息をつくと、まあいいわと手を離した。

「こうしちゃいられない。早速、休憩所の設置に取りかからないと。昨日の会議でギルドマスターが案を承認してくれたから――」

「そのことなんじゃがの……あれ、ナシになったわ」

突如、割って入ってくる声。

豪奢な装飾の施されたギルドの制服を着た、白髪の老人だった。

頭頂部の髪が薄く、ふくよかな体形で、物腰が柔らかそうな印象を受ける。言い方を変えるのなら気が弱そうにも見える。

恐らく彼がギルドマスターなのだろう。

「は？」

アンナは戸惑っていた。

「今、何て言いました？」

「あの案、ボツになった」

「いやでも、承認してくれましたよね？　昨日の会議で。過半数の賛成で休憩所の設置は可決されましたよね？」

「冒険者ギルド内ではの」

ギルドマスターは後頭部を撫でながら、ぺろりと舌を出した。

「可決した案を議会に提出したら、そこで弾かれてしもうた」

「いやいやいや！　議会に提出するのはあくまでも形式的なもので、よほどのことがない限りは通るって言ってましたよね!?」

「先代王の時代はそうだったんじゃ。でも今はゴルゴン宰相に権限があるから、予算が掛かりすぎると撥ねられてしもうた」

「はあ!?　何やってるんですか！　万が一文句を付けられた時のために、説得するための返答例も渡しましたよね？　予算は掛かっちゃうけど、その分、冒険者たちの生存率が向上して長期的には利益を生むって！」

「論理は完璧じゃったと思うよ。儂もその通りにちゃんと答えたし」

「なのにどうして却下されたんですか!?」

「儂に言われても」

「冒険者ギルドの代表はあなたなんだから、あなたに言うでしょうが！　どうしてもっと食い下がらなかったんです!?」

「だってゴルゴン宰相、怖かったし……？　目を付けられようものなら、どんな仕打ちをされるか分からんし……？」

　ギルドマスターは両手を組み合わせてもじもじとしおらしくしていたが、開き直ったように爽やかな笑みを浮かべた。

「ほら、もうじき儂、定年じゃん？　退職金、満額で欲しいじゃん？　となると食い下がるのはどう考えても割に合わないよね？」

「…………」

　アンナは絶句していた。

「あの、ギルドマスター」

「ん？」

「一発ぶん殴っていいですか？」

　ダメだろ。

「別に構わんよ。儂、入院保険に入っとるし。それでアンナくんの気が済むのなら、ひと思いにやるといい」

「ギルドマスターが得するならムカつくからやりませんけど」

　舌打ちするアンナ。

　保険のおかげで、九死に一生を得ていた。

　ギルドマスターはほっと胸をなで下ろすと。

「ゴルゴン宰相が権力を握るようになってから、冒険者ギルドは利益を第一にする組織に変えられてしもうた。

　ギルドマスターと言うても、儂なんかは所詮中間管理職じゃ。実質的な組織の手綱は議会のトップである宰相が握っておる。

　冒険者ギルドだけではない。騎士団も議会も今や彼の思うがままじゃ。だがその圧政は王都の各所に歪(ゆが)みを生みだしている」

　騎士団の騎士団長――ルキフェスも宰相の息が掛かっていると言っていた。

　ルキフェスが率いる騎士団は、王都の人たちからも評判が悪い。

それに今の王都で暮らし始めてから気づいたことだが、俺がいた頃よりも、納める税金の額が異常に高かった。

聞くとそれも宰相の手によるものだと言う。

「……やっぱり現状を変えるには、あいつを引きずり下ろさないとダメね」

「ソニア女王も忸怩たる思いを抱えているそうじゃが、ゴルゴン宰相をクビにすることは難しいじゃろうからの」

「あれ？　でもこの国って女王様が一番偉いんだよね？」

メリルが言った。

「なら宰相をクビにすればいいじゃん」

「そう簡単にはいかん」

ギルドマスターが言った。

「宰相は多くの貴族や官僚を抱き込んでいるからの。迂闊に手を出せば、女王様の立場が危うくなってしまう」

女王といえど、一人で国を動かせるわけではない。貴族や官僚の反発を招けば、今後の統治に支障を来す恐れがある。

「何か罷免するだけの正当な理由があればいいんでしょうけどね」

「ゴルゴン宰相には黒い噂がたくさんあるからの。尻尾を摑むことができれば、そこから切り崩せるかもしれんが……」

「一度調べてみる必要がありそうね。上手くいけば宰相をクビにして、ソニア女王に実権を戻せるかもしれない」

アンナは言った。

「そうすれば一度蹴られた休憩所の設置案も通せるはずよ」

それからしばらくメリルは宿に泊まっていた。

朝になるとメリルを起こし、朝食を取らせ、魔法学園への送り迎えもする。夜になると、メリルはここぞとばかりに甘えてくる。

「パパ、いっしょにお風呂入ろ♪」

「おいおい、もう十五歳だろう」

「でもボクちゃん、入浴中に襲われちゃうかもだよ?」

「…………」

もしものことがあってはいけないと従うことに。

「パパ、いっしょに寝よっ」

「まだ仕事が残っていてな」

「就寝中に襲われちゃうかもだよ?」

「…………」

完全に襲撃犯を利用しているな。

「むふふー。襲撃されたおかげで、パパに甘えたい放題できるし。犯人に会ったらお礼を言わないといけないねー」

まさか命を狙った相手に感謝されているとは、犯人も夢にも思うまい。

メリルは俺と四六時中いっしょにいられる今の状況を満喫していた。

まあ、塞ぎ込まれるよりは全然良いのだが。

動きがあったのは一週間ほどした頃だった。

メリルを魔法学園に迎えに行き、宿に戻るまでの道中。静まり返った人気（ひとけ）のない路地に差し掛かるのと同時に人影が現れた。

複数人いた。前後と左右の細い路地から続々と湧いて出る。

ぬうっと影のように静かに現れた彼らは闇溜（だ）まりのような漆黒のローブを羽織り、その素性を覆い隠している。

——完璧な気配の消し方……手練（てだ）れだな。

しかしこの人数……一人じゃなく複数人いるということは、組織ぐるみでメリルを暗殺しようと目論（もくろ）んでいるのか？

「この前は世話になったな」

俺は刺客たちに告げた。

「ところで、メリルからお前たちに言いたいことがあるそうだ」

「……恨み節か？　あと少しで部屋ごと吹き飛んでいたところだったからな。さぞ我々を憎んでいることだろう」

「皆、ありがとねー♪」

刺客たちは互いに顔を見合わせた。

「……なぜ感謝を？」

「皆がボクを襲ってくれたおかげで、パパと四六時中いっしょにいられるから。毎日幸せに過ごせてるよん」

満面の笑みを浮かべながら、ぶいぶい、とダブルピースをするメリル。

「……随分と見くびられたものだ」

虚仮にされたと感じたのだろう。声は怒気を孕んでいた。

「今のお前たちは袋の鼠、助けを呼んでも届きはしない。この暗い路地で、誰にも知られずに朽ち果てていく定めだ」

「どうも勘違いしてるみたいだな」

「……勘違いだと？」

「お前たちはまんまと俺たちを包囲したと思っているようだが。実際は襲撃しやすい場所にこっちが誘い込んだんだ。いい加減、待ちの姿勢には飽きていたからな。まんまと撒き餌に掛かってくれた」

つまり、と俺は言った。

「袋の鼠はお前たちの方だ」

「ほざけ！」

次の瞬間、刺客たちの姿は煙のように掻き消えた。

闇に紛れたのか？

――いや、違う。これは魔法だ。

「これが姿を消す上級魔法――シャドウヴェールだ。ただ視認できないだけでなく、相応の魔力がなければ触れることすらできない。

常人はおろか、並の魔法使いでは手も足も出まい。お前は自分に何が起こったのかを理解できないままに息絶える」

「メリル、下がっていろ」

「はーい♪」

俺はメリルを背に庇うと、目を閉じ、集中する。

そして、虚空に向かって手を伸ばした。

そこにあった刺客の頭を鷲摑みにすると、そのまま勢い任せに地面に叩きつける。

「がはっ……!?」

消えていた姿が闇の中に浮かび上がる。

白目を剝いた刺客が、石畳に倒れていた。

「バカな……！」

「シャドウヴェールを打ち破っただと……!?」

狼狽する刺客たちの声が虚空から聞こえる。

「パパにそんな雑魚魔法が通じるわけないじゃん」

メリルは呆れたように笑った。

「パパはスーパーつよつよ魔法使いだからね」

「メリルはお前たちに感謝しているようだが俺は違う。大事な娘を危険な目に遭わされて腸が煮えくりかえってるんだ」

俺は虚空に姿を晦ませている刺客たちを真っ直ぐに見据える。そして射殺さんばかりの圧をかけながら告げた。

「――悪いが、手加減はできないぞ」

「――っ!?」

刺客たちは怯みながらも、退くことなく襲い掛かってきた。だが呑まれた時点ですでに勝敗は決している。ことごとくを返り討ちにした。

路地には透明化の解けた刺客たちが倒れていた。俺は彼らに尋ねる。

「お前たちは何者だ？　誰の指示で動いている」

「……言えない」

「痛い目に遭いたくなければ、早めに口を割った方がいい」

「……拷問でもするか？　だが無駄だ。我らは訓練を受けている。たとえ殺されようと口を割ったりはしない」

「見上げた忠誠心だ」

と俺は感心する。

「だが拷問はしない。趣味じゃないんでな。ただ情報は吐いて貰うぞ」

「この人がメリルを襲撃した刺客？　ふうん、良い度胸してるわね。私の可愛い妹に手をかけようとするなんて」

アンナは目の前の刺客を見ると怒りを露わにした。

そして俺の方を向くと、ジト目で尋ねてくる。

「……それはそうと、どうしてここに連れてきたの？」

「他に話ができそうな場所がなかったからな」

俺たちがいるのは宿の食堂だった。

夜も更けており、宿泊客の姿はない。静まり返っている。

座った椅子に縛り付けられた刺客の男が項垂れていた。纏っていたローブ、そのフード部分が取り払われ、素顔が剝き出しになっている。

あの後、俺たちは情報を吐かせるために刺客を連れ帰った。

襲ってきた連中を統率していた一人――恐らくもっとも偉い者だろう――であれば情報を持っていると踏んだからだ。

「……あ、あのっ。お茶、飲みますか……？」

リズベスさんが木製のトレイに載せたお茶を運んできた。

一応客人だからと、気を遣ったのだろう。

以前までであれば知らない人間の前になんて絶対に出てこなかっただろうに。いつの間にか著しい進歩を遂げていた。

「……ご、ご所望であればお酒もありますが」

「貰ったらどうだ？」

酔ったらその勢いで吐いてくれるかもしれないし。

「……いらん」

刺客の男は吐き捨てるように呟いた。そりゃそうだ。どこの誰が捕まった先で出された酒を口にするんだ。

「……私は下戸だ」

「そっちかい」

俺は思わず苦笑を漏らした。飲めたら飲むんかい。

「ボクはジュース飲みた～い」

「す、すぐにお持ちしますね」

ぱたぱたとジュースを入れに駆けていったリズベスさんが遠ざかるのを眺めつつ、俺は刺客の男に尋ねた。

「気は変わらないか？」

「拷問でも何なりとするがいい。私は絶対に口を割りはしない。爪を剝がれようが、四肢を切り落とされようとな」

「そんな物騒な真似はしない」

娘の前でそんな惨たらしい光景は見せられない。

「もっと穏便な手段を使わせて貰うさ」

刺客の男の額を摑む。手のひらは光が覆っていた。

「それは……」

「尋問魔法だ。こちらの問いかけに嘘や沈黙で応じることができなくなる」

俺はそう言うと、改めて尋ねた。

「お前たちは何者だ？　誰の指示で動いている」

「……ふん。何をするのかと思えば尋問魔法だと？　バカめ。私が尋問魔法に対する備えをしていないとでも思ったのか？」

刺客の男は鼻を鳴らした。

「私は訓練の一環として数え切れないほどの尋問魔法を浴び、抗う力を手に入れた。万が一突破されてしまうことがあっても、体内に仕込んだ爆破魔法陣が発動し、情報を漏らすことなく自爆することができる私は宮廷魔術師だ」

「「…………」」

その場にいた全員が呆然としていた。

　メリルがぽつりと言った。

「あっさり自白したじゃん」

「ば、バカな!?　この私に尋問魔法が通るだと!?　だとしても、なぜ体内に仕込んだ爆破魔法が発動しない!?」

「あんたの抵抗力を、俺の魔力が上回っていた。それだけの話だ」

　それに、と続けた。

「体内に仕込まれていた爆破魔法陣は、発動の瞬間に掻き消した」

「なっ……!?　あの一瞬で体内の魔法陣の魔法式を書き換えただと!?　賢者クラスの魔法使いにしかできない芸当だぞ!?」

「おじさん、お口ガバガバだねー♪」

　メリルは煽るようににたりと笑った。

「あんなに強がってたのにダッサー」

「こ、このガキ……!」

「それより宮廷魔術師だって言ってたけど」

　アンナは話の筋を戻した。

「王城に仕える彼らがどうしてメリルを？　魔導器を開発して普及させれば、より暮らしが豊かになるのに」

「答えて貰おうか」

「……一度は口を滑らせたが、二度目はない。私は絶対に口を割らな――庶民たちに魔法の恩恵を与えないためだ」

「なんだと？」

「魔法は選ばれし者にのみ独占され、使われるべきだ。高貴な魔法を衆愚どもに与えるのは過ぎた行為だ」

　とんだ選民意識だ。

「宮廷魔術師は王城に仕える身だろう。なら裏で王族か貴族が糸を引いている。お前たちに指示を出したのは誰だ」

「それだけは何があっても言えな――宰相だ」

「宰相というと、ゴルゴンか？」

　俺は驚いた。

「じゃあ、メリルを襲うよう指示したのはゴルゴン宰相だと？」

「ちが――そうだ」

　何てことだ。

　藪をつついたらとんでもないものが出てきた。

「ゴルゴンは宮廷魔術師の出身だから、魔法の力は自分たち魔法使いだけのもので、庶民に使われるのが許せなかったんでしょうね。

　だから宮廷魔術師たちにメリルを襲わせて、魔導器の開発を阻止しようとした。結果的には返り討ちにされたわけだけど」

アンナはそう言うと、

「それにしてもこれはとんでもない情報ね。藪をつついたら蛇じゃなくて、葱を背負ったカモが出てくるなんて」

その表情には笑みが滲んでいた。

「今の証言を使えば、ゴルゴンを失脚させることも夢じゃない。話を聞く限りだと他にも色々と悪事に手を染めてそうだし」

ふふふ、とどす黒い笑みを漏らすアンナ。

「せっかく尻尾を摑んだんだもの、息の根を止めるまでは絶対に離さないわよ」

こうなった彼女はもう止まらない。

完膚なきまでに標的を叩きのめすまでは。


ヴァーゲンシュタイン王国の宰相――ゴルゴン＝グランハートはここ数年、我が世の春を謳歌していた。

先代のソドム王が亡くなられてからというもの、混乱に乗じて権力を掌握し、実質的な国のトップにまで躍り出た。

有力貴族や王族を抱き込み、騎士団や宮廷魔術師などの軍事力も手中に収めた今、誰も自分に刃向かうことはできない。

たとえ女王であっても。

議会においてはそれまで進んでいた案であっても、ゴルゴンの鶴の一声によって、盤面を容易(たやす)くひっくり返すことができた。

自分が白と言えば白、黒と言えば黒。

それまで反対していた連中が、慌てて手のひらを返して盲目的に追従する様を見るのは愉快で堪(たま)らなかった。

私にできないことはない。この世は自分のためにある。

本気でそう思っていた。

しかし、最近になってゴルゴンの機嫌を損ねる出来事があった。

魔導器の開発者の暗殺に失敗したからだ。

宮廷魔術師たちを差し向けたのだが、敢(あ)えなく返り討ちに遭った。

魔法は我々魔法使いのものだ。知識の水を庶民にまで分け与える必要はない。豊かさを享受するのは選ばれし者だけだ。

ゴルゴンは意識を目の前の光景に戻す。

城内にある議所では議会が開かれていた。

正面中央の高い椅子の置かれた議長席から、扇形に席が並んでいる。そこには王族と有力貴族たちがずらりと座っていた。

議長席の背後の高位には宰相であるゴルゴンが座り、その隣——もっとも高みに据えられた玉座には女王が座していた。

女王——ソニア＝ヴァーゲンシュタインは膝の上に手を置き、議会が進行していく様子を静かに見守っている。

この場において彼女はただの置物だ。発言権などろくにない。

ゴルゴンが奪ったからだ。

どんな悪政を敷こうが、女王は自分を罷免することはできない。王族や貴族をこちらが掌握している限りは。

——いずれその玉座も私の手中に収めてみせる。ソニアとの間に子を生し、その者を王に据えることによってな。

内心で更なる野心を昂ぶらせていると、隣のソニアが動いた。

「一つ良いですか？」

小さく挙手してそう発言すると、議会中の人間の視線が集まる。普段は座っているだけの彼女の発言に皆が注目する。

ゴルゴンは鼻を鳴らした。

なんだ？　お飾りだからと、たまには何か言ってみたくなったのか？

しかし次の瞬間、浮かべた笑みは凍り付いた。

「私——女王、ソニア＝ヴァーゲンシュタインは宰相——ゴルゴン＝グランハートの罷免を提案いたします」

「「え!?」」

　議会中がざわついた。

「彼は宮廷魔術師を私的に利用し、魔法学園の生徒――メリル＝クライドを秘密裏に暗殺しようと目論みました。

　目的は魔法使い以外でも魔法の恩恵を受けられる装置――魔導器の開発阻止。

　ゴルゴン宰相は魔法使いとして、自分たちの持つ魔法の力を、国民たちにもたらすことを良しとしなかった」

　ソニアはそう言うと、

「魔導器は王都の人々に豊かな暮らしをもたらし、より一層の発展をもたらすもの。それを阻むのは国益を損なうのと同義。

　――これは国家に対する重大な背信行為です。よってゴルゴン宰相を罷免、および国家反逆罪で裁判にかけます」

「何を言い出すのかと思えば……とんだ言いがかりだ」

　ゴルゴンは即座に反論する。

「そう言うと思って、証人も用意しました」

　ソニアが手を叩くと、宮廷魔術師たちが入室してきた。手枷を嵌められ、近衛兵に連行されてきた彼らは、沈鬱な表情を浮かべながら自白する。

「……我々はゴルゴン宰相の命令の下、メリル＝クライドの暗殺に動いていました。任務は失敗しましたが」

「私は知らん！」

　ゴルゴンは声を荒げる。

「証言だけでは何とでも言える！　私が言ったという証拠でもあるのか！」

「ありますよ♪」

「え？」

『何としてでもあのメリルとか言う小娘を始末しろ！　魔法の力を庶民どもにくれてやるわけにはいかん！』

　ソニアの手に持った装置から流れてきたのは、ゴルゴンの声だった。

「な、なんだこれは」

「魔導器の中には音声を録音できるものもあるそうです。証言を取るために開発者の方にお貸しいただきました」

「こ、こんなものはねつ造だ！」

「うーん。困りましたね」とソニアは頬に手をあてた。

　イケる、とゴルゴンは思った。

　明確な証拠があるわけじゃない。

　魔導器に録音機能があろうが、今はまだ実用前だ。

　証拠としての信憑性には欠ける。

このままごり押しをすれば誤魔化しきれる。

「では他の悪事についても挙げていきましょうか」

「え」

「国民から徴収した税金を私的利用していた件にしましょうか、それとも公共事業の不正契約を特定の業者と結んだ件にしましょうか。

ああ、政敵の家族を人質に取って脅し、失脚させた件もいいですね。他にも裏で不正な人身売買を行っていたこととか――」

次から次にゴルゴンの行った不正行為を挙げていった。

しかもただ挙げただけじゃない。

いずれも言い逃れできないほどの明確な証拠も揃っていた。

「な、なぜこんなものを……!?」

「心優しい親切な方が情報を提供してくださいました。とても優秀な方で、言い逃れようのできないように証拠も完璧に揃えています」

ソニアはにっこりと微笑む。

「これだけあれば認めていただけますよね?」

「…………」

愕然とするゴルゴンを見下ろしながら、ソニアは厳かに告げる。

「ゴルゴン＝グランハート。今日限りであなたの宰相の職を解きます。――皆さんも異論はありませんね？」

王族や貴族たちから異を唱える者は現れない。

ゴルゴンは自らの支配下にある王族や貴族たちを見やったが、彼らは皆、気まずそうに目を逸らしていた。

それもそのはず。ここで異論の声を上げれば、繋がりがソニアにバレてしまう。そうすれば待ち受けるのは明確な破滅だ。

「皆さんの国を想う気持ちに感謝いたします。もっとも、ここで異論を唱えれば、その方たちの腹も探ることになりますものね」

ソニアはうふふと微笑む。

「言っておきますが、情報は全て揃っています。誰がどんな悪事に荷担したのか、こちらには筒抜けです」

そして議席に座る王族や貴族たちに向かって言った。

にこやかな笑みと共に。

「国家を蝕む病原菌は、一匹残らず根絶やしにしますから。――今のうちに精々、覚悟をしておいてくださいね？」

第四話

ゴルゴンが宰相を罷免されてからしばらくが経った。

アンナの休憩所を作る案は無事に承認され、メリルの魔導器の開発に合わせて早速設置されることになった。

冒険者ギルドの班割りも廃止され、冒険者たちを無茶な任務に駆り出さなくなり、犠牲者の数は大幅に減った。

メリルの魔導器は王都に普及した。

住民たちの生活は豊かになり、メリルの名は一躍有名になった。王都の者たちから賢者と称されるようになっていた。

騎士団の対抗試合も行われた。

騎士団長のルキフェスを打ち倒して選抜に選ばれたエルザは、他国の騎士相手にも圧巻の活躍を見せたそうだ。

そのおかげもあり、騎士団は数年ぶりに対抗試合に勝利。

自国の騎士団はもちろん、他国からも一目置かれる存在になっていた。次の騎士団長は彼女だという気運が高まっているそうだ。

そして俺はと言うと――。

特に今までと変わらず宿屋で働いていた。

宿は連日満室になるほど繁盛していた。

料理が美味しく、地味だけど可愛らしい女主人が一生懸命持てなしてくれるのがいいと密かに評判になっているようだ。

忙しく働きながらも、現代に戻るための手段も並行して探していた。しかし今のところは良い方法は見つかっていない。

過去に飛ばされるまでの記憶もまだ戻っていない。

そんなある日の仕事終わりのこと。アンナがとある情報を持ってきてくれた。

「古城に住む魔女？」

「ええ」

アンナは頷いた。

「王都から北に向かった先にある断崖絶壁の上に立つ古城——そこに魔女と呼ばれる魔法使いが住んでいるらしいの」

そしてもっとも肝心な情報を告げる。

「彼女は時空を超越する魔法を使うことができるそうよ」

「それが本当なら元いた時代に帰れるな」

古城の魔女に時空魔法を使って貰えれば、現代に戻れる。

「ただいくつか問題もあってね」

「というと？」

「これは魔法学園の学園長に聞いたんだけど、時空魔法には回数制限があって、最大でも二回しか使えないそうなの」

　アンナは言った。

「現状で時空魔法を使うことができるのは、特殊な魔力刻印を有している一部の魔法使いの血族だけらしいわ。古城の魔女もその一人」

　彼女たちは生まれながらに両目の瞳に時計のような模様の魔力刻印を有している。それを使うことで時空を超越することができる。

　それは自分に対しても他者に対しても用いることができる。ただ、いずれにしても一度使えば魔力刻印は消費される」

「なるほど。それで最大二回か」

　右目の分と、左目の分。

　両方の魔力刻印を消費すれば、時空魔法はもう使えない。

「貴重な二回の使用回数のうちの一回を、俺のために使って貰う必要がある。そう考えるとかなりハードルが高いな」

　どこの馬の骨とも分からない奴がいきなり尋ねて申し入れても、はいそうですかと了承してくれるとは思えない。

「それに古城の魔女は近づく者に災いをもたらすと恐れられている存在——恐らく一筋縄

ではいかない人だと思うわ」

　とアンナは言った。

「だいたい、王都じゃなくて辺境の古城に一人で住んでいる時点で相当の変わり者であることは間違いないし」

　それは確かに。

　価値観やその他諸々、常人とはかけ離れていそうではある。

「だけど、他に選択肢もないし。現代に戻るためには彼女の力を借りるしかない。明日にでも古城を訪ねてみるよ」

「分かったわ」

　取り敢えずの方針が決まったと一息ついていた時だった。

　背後でトレイの落ちる音がして咄嗟に振り返ると、食堂と受付を繋ぐ出入り口のところにリズベスさんが立っていた。

「……あ、あのっ」

　顔が青ざめていた。

「今、お二人の話す声が聞こえてしまって。わざとじゃないんですけど。その、カイゼルさんが元いた時代に帰るって……」

　今のやり取りを聞かれてしまっていた。

しまった。油断していた。

どうする？　誤魔化すべきだろうか。

けれど、いずれ俺はこの宿から去らなくてはいけない。遅かれ早かれ、この宿を去る話はしなければならなかった。

適当な言い訳を並べるよりは正直に全部打ち明けた方がいい。

そう判断した。

「……今まで黙っていてすみません。俺はこの時代の人間じゃありません。三年後の未来から飛ばされてきたんです」

結局、正直に話すことにした。

荒唐無稽に聞こえる話も、リズベスさんはちゃんと聞いてくれた。全てを聞き終えた後に恐る恐る尋ねてきた。

「……明日、古城の魔女に会いに行くんですか？」

「はい」

「……帰っちゃうんですか？」

「はい」

「……か、カイゼルさんがいなくなってしまったら私、どうすれば……。一人でこの宿を切り盛りしていくなんてとても……」

リズベスさんは不安げに瞳を揺らしていた。そして、不意に何かを思いついたように声を明るくして言う。

「そ、そうだ。ずっとここにいればいいじゃないですか。そうすればいつか三年後の未来にも辿り着けますし……」

「それだとそのうち、村にいる俺が王都にやってきてしまいます。もし俺たちが鉢合わせてしまったら何が起こるか分からない」

「し、正体を隠せばきっと大丈夫ですよ。仮面を着けて……。それに宿にだっていくらでも泊まっていただいて構いません」

そこまで言うと、

「わ、私、何でもしますから。カイゼルさんの望むことは全部……。だ、だから、どうか見捨てないでください」

俺の服の袖をぎゅっと握りしめ、縋るように言うリズベスさん。その姿は初めて会った時のように弱々しかった。

「リズベスさんは立派に成長しました。接客もできるようになったし、俺の教えたレシピも作れるようになった」

まだたどたどしさは残っていたものの、一人でも接客できるようになっていたし、料理も中々板についてきた。

お客さんたちからも愛され、店の借金も無事に返済することができた。

だから――。

「もう俺がいなくても大丈夫です」

「でも……」

「それに、元いた時代で皆が待ってますから」

「……っ」

リズベスさんはその言葉を聞くと、小さく息を呑み、身を縮こまらせた。お互いの間に深い溝が生まれたような感覚があった。

リズベスさんはそれ以降、もう何も言ってはこなかった。しょんぼりとうなだれる姿を見ていると、心がずきりと痛んだ。

けれど——。

この時代に生きるリズベスさんと、未来に生きる俺。

ずっと共にいるわけにはいかない。


翌日、俺は早速古城の魔女の下に向かうことにした。

王都から馬車で北に丸一日走った先には大森林が広がっている。

どこまでも果てしなく続く新緑の海。

それを望むように断崖絶壁の上に古城がそびえ立っていた。

静謐さを纏った、俗世からは隔離された住み処。古城の魔女は人嫌いで、近づいた者には容赦ない鉄槌を下すのだとか。

石造りの荘厳な古城を目の前にした俺は、不思議な感覚に襲われていた。

初めて訪れたはずなのにそんな気がしない。

いつか訪れたことがあるような気がする。

頭の片隅が痛む。閉ざされていた記憶の扉が開きかけている。

俺はそれを確かめるためにも古城の内部に踏み入ることにした。

開けっ放しになっていた正門を潜ると、中庭が広がっていた。

古く寂れた城内の雰囲気に反して、色とりどりの花々が咲き誇っていた。灰色の世界に生き生きとした生命の息吹を芽吹かせている。

傍らには畑もあった。そこには瑞々しい野菜が育っていた。

花々も、そして畑も。

丹精込めて育てられているのが手に取るように分かった。

「…………」

また既視感を覚える。

俺は以前、この景色を見たことがある気がする。

城内に立ち入ると、広々としたホールがあり、そこから各部屋に通じている。

古城の魔女をしらみつぶしに捜して回った。

城内を巡る度、既視感はより色濃くなっていった。各箇所に散らばっていた記憶の粒子を少しずつ回収していくかのようだった。

頭がずきりと痛んだのは、地下室に辿り着いた時だった。

薄暗い地下室は広大で、壁際には分厚い魔法書の収められた本棚が立ち並び、机の上には研究用の機材が置かれている。

部屋の中心には巨大な魔法陣が描かれていた。

これでも俺は一端の魔法使いだ。魔法陣に描かれた術式を見れば、それがどんな魔法を生むものなのかはすぐに理解できる。

けれど、この魔法陣は違った。まるで見覚えのない術式だった。未知の魔法を生むための魔法陣であることは分かる。

これを描いたのは古城の魔女だろう。

彼女は俺の知らない術式を用いた魔法陣をこの場所に創り上げていた。もしかしてこれが時空魔法の術式なのだろうか。

いずれにしても、だ。

俺は魔法陣の描かれた地下室を眺めながら確信を得ていた。

間違いない。

俺はかつてここに来たことがある。

それも恐らくは過去に飛ばされる直前に。

だが、いったい何のために？

分からない。思い出そうとしても思い出せない。

古城の魔女に会うことができれば、記憶の扉も開くかもしれない。

俺は地下室を後にすると、城内の各所を再び巡った。

城内は広かった。一人で住むには広すぎるくらいに。

埃がうっすらと雪のように積もる場所が大半の中、やがてきちんと雪かきのされている区画に差し掛かった。

至る所に生活の温もりと痕跡を感じる。

俺は廊下の突き当たりにある部屋の前で立ち止まった。目の前の扉の向こう——その先からは明確な人の気配を感じた。

はっきりと分かった。

この部屋に古城の魔女がいる。

「勝手にお邪魔してすみません。俺はカイゼルと言う者です。あなたにお話ししたいことがあってここにやってきました」

扉の向こうに語りかける。

「実は俺は三年後の未来からこの時代にやってきました。あなたは時間を超越できる時空魔法を使えるそうですね」

反応はなかった。

けれど、聞いている気配は感じる。

俺はなおも話を続けた。

「ここを訪れたのは、交渉がしたいからです。あなたの時空魔法を使って、俺を元の時代に送り返して貰えませんか」

　扉の向こうは沈黙に包まれていた。

「本来であれば無茶なお願いだとは理解しています。

　あなたは最大でも二回しか時空魔法を使えないと聞きました。その貴重な一回分を初対面の俺に使って欲しいと言うのですから。

　いくら金を積まれても、あなたは首を縦には振らないことでしょう。それが通じる相手は辺境の古城には住まないでしょうから」

　現に全く反応を見せない。

　普通に考えれば当然の対応だろう。だがこちらには切り札がある。

　ただ、と続けた。

「俺はあなたの時空魔法によってこの世界に飛ばされてきた――そういえば、少しは話を聞く気になって貰えるでしょうか」

　扉の向こうで一瞬、息を呑む気配がした。

　城内を巡ってみて確信した。

　俺は間違いなくこの古城を訪れたことがある。

　それも過去に飛ばされる直前に。

　そこから考えられる推論。

　それは俺が過去に飛ばされてきたのは、古城の魔女が使用した時空魔法に依るものではないかということだ。

古城の魔女は時空魔法を最大でも二回までしか使えないと言っていた。

両目に刻まれた魔力刻印を消費することでしか、時空魔法は発動できない。だから貴重な一回分を使わせて貰うのは困難だろうと思っていた。

だが飛ばされたそもそもの原因が彼女の時空魔法だとすれば？　向こうも話を聞く気になってくれるかもしれない。

返事はなかった。

ただ扉の向こうからは気配を感じる。それは敵意という雰囲気ではない。こちらを警戒しているかのようだった。

長い静寂の時間が流れた後。

かちゃ、と音が鳴った。

施錠が解かれたのだ。

これは入ってもいいという古城の魔女の意思表示。

「…………」

俺はおもむろにドアノブに手を掛けた。失礼します、と声を掛けてから、ノブを捻(ひね)って扉を開けようとした。

その瞬間だった。

稲妻に打たれたような衝撃が襲った。

その後、馬車で丸一日を掛けて王都に戻ってきた。

着いた時にはすでに夜も更けていた。

静まり返った真っ暗な路地を歩いていると、リズベスさんの営む宿——妖精の隠れ家の窓に明かりが灯っているのが見えた。

光に引き寄せられる虫のように宿に戻ると、リズベスさんが出迎えてくれた。

「……お、おかえりなさい」

「ただいま戻りました」

と俺は告げる。

「珍しいですね。こんな時間まで起きてるなんて」

普段ならもう寝ている時間帯だ。

「か、カイゼルさんが戻られた時に、真っ暗だと心許ないかなと思いまして。私なんかでもいないよりはいいかなと」

それで帰りを待っていてくれたのか。

「迎えてくれる人がいるのは嬉しいです」

「……古城の魔女には会えましたか？」

「いえ。会えませんでした」

俺はリズベスさんにそう告げた。

「部屋の前までは辿り着いたんですけど。彼女は俺を随分と警戒していて、すげなく追い返されてしまいました」

「……そ、そうですか」

リズベスさんはどことなくほっとしたような面持ちをしていた。そして、それを取り繕うかのように言葉を継ぎ足した。

「あの、お茶淹れますね」

「ありがとうございます」

静まり返った夜の食堂。

リズベスさんとテーブルを挟んで向かい合わせに座り、俺は彼女が淹れてくれた温かいお茶を口にする。

「……古城の魔女の時空魔法が使えないとなると、振り出しに戻ってしまいますね」

そこまで言うと、

「あ、違いますよ!? 別にそのことを喜んでいるわけでは！ いえ、少しくらいはその気持ちもありますけど……」

慌てて弁明してくる。

「大丈夫です。分かってますから」

俺は苦笑すると、それに、と続けた。

「収穫はありました」

「収穫、ですか？」

「ええ。俺は過去に飛ばされてくるまでの記憶が曖昧だったんです。でも、古城に行った時に思い出しました。

過去に来る直前に古城に行っていたことを。

そして城内を巡る中で記憶を取り戻していった。なぜ俺は古城を訪れたのか。なぜ過去に飛ばされてきたのかも」

全部思い出した。

今に至るまでの経緯を。

「あの日、俺は魔物の討伐任務のために単独で古城の近くにやってきました。そしてその道中に激しい嵐に見舞われた。

雨風を凌ぐために古城に立ち寄ったんです。

そしてそこには古城の魔女がいました。彼女は俺が事情を話すと、嵐が止むまでの間、城に滞在することを許してくれました。

滞在している間、彼女と色々な話をしながら過ごしました。

王都で流れていた古城の魔女の噂は聞いたことがありました。人嫌いで、城に近づく者には容赦のない鉄槌を下すと。でも、実際に会った彼女はとても優しい人でした。気遣いのできる繊細な人だった。彼女と過ごす時間は楽しかった。

そんな折でした。魔物が襲撃してきたのは。

討伐対象のその魔物――ストームドラゴンは古城にいた俺たちを狙ってきました。古城もろとも消し飛ばそうと襲ってきた。

奴（やつ）が古城の魔女を狙って放った攻撃を庇（かば）ったことで、俺は負傷しました。窮地に陥ってしまったけれど、周囲は嵐で逃げる場所もない。

その時点で取れる選択肢は一つしかありませんでした。

彼女はその場から撤退するために時空魔法を使いました。過去に飛ぶことで、ストームドラゴンの襲撃から逃れようとした。

彼女――古城の魔女は俺を助けるために時空魔法を行使しました。そして俺は三年前のこの過去に飛ばされてきた。

それが今に至るまでの経緯の全てです」

思い出した記憶をなぞり終えると、俺は更に続けた。

「さっき、俺はリズベスさんに、古城の魔女に追い返されたから彼女には会えなかったと言いました。

でも、本当は違います。

事情を話すと彼女は会おうとする意思を見せてくれました。ただその直前――扉を開けようとした瞬間に全部思い出しました。

だから自分から会うことを辞退したんです。彼女――古城の魔女は人と話すことを極端に恐れている人だったから」

古城の魔女は極度の人嫌いだ――王都で流れるその噂は違っていた。

彼女は人が嫌いなわけじゃなく、恐れていた。

嫌われるのではないかと。迫害されてしまうのではないかと。

かつて当の本人がそう話してくれた。

「それに俺は一つ勘違いしてました」

そう言うと、一拍置いてから先を続ける。

「俺は一人で過去に飛ばされてきたのだと思ってました。でもそれは違った。時空魔法の行使者もいっしょだった」

俺だけが過去に飛ばされてきたのだと思っていた。

けれど、違った。

時空魔法の行使者も同時に飛ばされてきていた。

「アンナに古城の魔女は目に魔力刻印が刻まれていると聞いた時、俺はリズベスさんの目を確認しました。何も刻まれていない、綺麗な目をしていました。その時はリズベスさんは古城の魔女ではないから、目に魔力刻印が刻まれていないのだと思っていました。でも記憶を取り戻した今になっては意味合いが変わってくる。

古城の魔女じゃないから魔力刻印が刻まれていないのではなく、時空魔法を使ったことで消費されたのだとすれば――。

片方の目には刻印がなくとも、もう片方の目には魔力刻印が刻まれている。それが俺の推測の何よりの裏付けになります」

そう語り終えると。

目の前にいる彼女を見据える。

宿屋の主人である女性に対して、俺は問いかける。

「リズベスさん、右目を見せて貰ってもいいですか」

「…………」

リスベスさんはしばらく沈黙した後、観念したかのように、長く伸びていた濡れ羽色の前髪を梳いてみせた。

ずっと隠れていた綺麗な右目。

そこには。

時計のような刻印が刻まれていた。


リズベス＝シンクレアは古城の魔女として人々に恐れられていた。

賢者でさえも使うことのできない時空魔法を操る彼女は極度の人嫌いであり、近づいた者には容赦なく牙を剝くと。

けれど、本当のところは違った。

彼女は人嫌いなんかじゃない。ただ、人を恐れているだけだ。

かつてのリズベスは王都の魔法学園に通っていた。

人見知りで引っ込み思案の彼女には友人がいなかった。

休み時間はいつも一人だった。

昼食は自分の席で背中を丸め、俯きながら一人でもそもそと。

常に陰鬱な雰囲気を漂わせる彼女を、同級生たちは腫れ物のように扱っていた。周りとは関わりたくないのかなと近寄らなかった。

本当は皆と仲良くなりたかった。

いっしょに他愛のない話をしたかったし、いっしょにお昼ご飯を食べたかった。放課後にはスイーツを食べに行きたかった。

でも、勇気が出なかった。

もし話しかけて嫌な顔をされてしまったら。拒絶されてしまったら。

もう二度と立ち直れなくなってしまう。

それに自分なんかが話しかけたら、迷惑なのではと考えてしまう。

同じく魔法使いだった両親は、時空魔法を行使できる一族であることが原因で、周りの人間から忌み嫌われていた。

魔法使いたちの間では、時間に干渉するのは禁忌だとされていた。たとえ行使しなくてもその権利を有しているだけで恐れられた。

リズベスは迫害される両親の姿を今もなお鮮明に覚えていた。

親世代の人たちと違い、学園の生徒たちは何かしてきたりすることはない。けれど内心はどう思っているか分からない。

リズベスのことを恐れ、軽蔑しているかもしれない。

自分が勇気を出して話しかけることで、そのことを知るのが怖かった。

時空魔法を行使して魔力刻印を消してしまうことも考えた。両目の分を使えば、見た目は普通の人と同じになれる。

魔力刻印を消した後、別の街に移住して暮らせば良い。

でもできなかった。自分には他に何もないから。

時空魔法という特別な力を有している以外は、何の取り柄もない。

時空魔法があれば過去に飛ぶことができる。人生をやり直すことができる。

時空魔法は自分の身体（からだ）を過去に飛ばすことはできるのはもちろん、精神だけを当時の自分に飛ばすこともできる。

それはお守りのようなものだった。

それに、もしも魔力刻印を消した上でも皆に嫌われてしまったら――今度こそ言い訳ができなくなってしまう。

自分自身の不出来を完膚なきまでに突きつけられてしまう。

ある日、最大の好機が訪れた。

同級生の女子の一人がリズベスに話しかけてくれた。

クラスの皆で遊びに行くからいっしょに来ないかと。

彼女はクラスの委員長だった。

千載一遇のチャンスだと思った。こんなに良い人がいるのかと思った。彼女の人生に幸あらんことをと心の中で祈った。

リズベスは誘いに応えようと思った。

シミュレーションは脳内で幾度となくしてきた。

ありがとうございます。ぜひごいっしょさせてください。そう言えばいい。そうすれば皆の輪の中に入ることができる。

さあ、言おう。これまでのぼっち人生を変えるために——。

「……あ、ありゃりゃりゃりゃす」

めちゃくちゃ噛んだ。自分でもびっくりするくらいに。

普段、あまりにも人と話してなさすぎた。

委員長はぽかんとした表情を浮かべていた。

その瞬間、顔が真っ赤になった。

「……す、すびばせん!!」

リズベスは反射的にその場から逃げ出していた。

顔から火が出そうだった。

そのまま家に帰ると、枕に顔を埋めて足をバタバタとさせた。うあああ……とか細い声で泣き声を上げ続けた。

翌日から見事、不登校になった。

両親は不仲で、家ではいつも喧嘩が絶えなかった。落ち着けるはずの家は、心身を蝕む場所と化していた。家にも学校にも居場所がない。

ある日、リズベスはとうとう耐えかねて家を出ると、あてもなく彷徨い、崖の上にそびえ建つ古城に流れ着いた。

そこで一人暮らしを始めた。

畑を耕して野菜を作ったり、森の果実を取ってきたり、木の枝に糸を括り付けた釣り竿で魚を獲ったりして過ごした。

人と関わらない暮らしは楽だった。

誰も訪れることのない古城で引きこもり生活を送っていた。

夜になると時々、あの日に噛んだ時のことがフラッシュバックして、枕に顔を埋めて足をバタバタさせることになった。

いつまでもこの暮らしを続けるわけにはいかない。いつかは王都に戻って、社会生活に復帰しなければ。

そう思っているうちに、十年近くの時が流れていた。

リズベスは二十代も終わりを迎えようとしていた。

もう完全に取り返しがつかなくなってしまったと思った。

同級生たちはとっくに学園を卒業し、それぞれ仕事に就いて全うに働き、中には家庭を築いている者もいるだろう。

なのに、自分だけが今もずっと、時が止まったままでいる。

このままではいけないともずっと思っていた。けれど、どこにも動けずに、その場で足踏みをし続けていた。

過去に戻って人生を変える――その勇気すらも振り絞れずに。

彼が古城を訪れたのはそんな折だった。

それは酷い嵐の日だった。

古城を訪ねてきたその男性は、カイゼル＝クライドと名乗った。

Aランク冒険者であり、この辺りに出現した魔物――ストームドラゴンを討伐するために王都から赴いてきたのだと言う。

リズベスは彼を泊めてあげることにした。

この嵐の中に放り出すわけにはいかない。

それに古城は広い。いくらでも部屋は余っている。

夜になると、カイゼルは改めてお礼を言いに部屋を訪ねてきた。そして踵を返し、自室に引き返そうとしたところをリズベスは呼び止めた。

よければ少し話をしませんかと口にした。

今までのリズベスでは考えられない行動だった。

ずっと一人で過ごしていたから、人恋しくなっていたのかもしれない。それにカイゼルは悪い人ではなさそうだったから。

カイゼルは快く応じてくれた。

その夜、リズベスは本当に久しぶりに人と話した。

彼――カイゼルと過ごす時間は楽しかった。

彼はリズベスがどれだけ言葉を詰まらせても、要領を得ない話をしても、嫌な顔をせずに微笑みながら聞いてくれた。

そして色々な話をしてくれた。冒険者としての冒険譚や、仕事の話、友達や家族、仲間と過ごす日々についての話。

数日の間、毎夜二人は話をした。

リズベスは話を聞きながら、楽しさの反面、恥ずかしさも覚えていた。

カイゼルは立派な大人だった。

三人の愛する娘たちがいて、職に就き、友人や仲間たちに囲まれている。ちゃんと人間社会に根を張って生きていた。

それと比べて自分はどうだ？

恋人もいなければ友人もおらず、職にも就かずに辺境の古城に引きこもり、ただ無為に年齢だけを積み重ねている。

本来なら彼は自分なんかとは絶対につり合わないような人だ。

だけど、惹かれてしまった。

傍(そば)にいたいと思ってしまった。

だから――。

ずっとこのまま嵐が続いてくれればいいと思った。

そうすればカイゼルはここにい続けてくれる。世界に二人きりでいられる。この幸せな時間を永遠に続けることができる。

そんな折だった。魔物の襲撃があったのは。

その魔物――ストームドラゴンは古城にいた二人を狙ってきた。奴(やつ)こそが連日続いた嵐を引き起こした張本人だった。

カイゼルは勇猛果敢に立ち向かい、最初こそ圧倒していた。

しかし、ストームドラゴンは劣勢だと判断するやいなや、狙いをカイゼルからリズベスへと切り替えた。

放たれた巨大な光弾を目の当たりにした瞬間、リズベスは終わりを悟った。けれどその攻撃は当たることがなかった。

咄嗟(とっさ)にカイゼルが庇(かば)ってくれたからだ。

だが――。

リズベスを庇った代償に、カイゼルは重傷を負ってしまった。

それで一気に形成が逆転した。

撤退しようにも、古城は嵐の檻(おり)に閉じ込められている。

絶体絶命の危機。

リズベスはその時、一つの手段を思いついた。

時空魔法を使えば――時を超えればここから脱出することができる。

切り抜けるにはそれしかない。

負傷したカイゼルの身体を支えながら、リズベスは古城の地下室に向かった。その部屋の中央には魔法陣が展開されている。

時空魔法は魔力刻印と魔法陣が揃って発動することができる。

リズベスは時を超えるために詠唱に取りかかった。

その間にもストームドラゴンは迫ってきていた。地下室の扉を突き破り、咆哮を上げると部屋中に嵐が巻き起こった。

壁際の本棚が倒れ、机の上の機材が破壊され、天井が崩落を起こした。

リズベスたちが崩れ落ちてきた瓦礫に押し潰される寸前――発動した魔法陣の光が二人の身体を呑み込んだ。

「そうして、私たちは過去に飛びました。

でも、魔法陣の術式が敵の攻撃で損傷してしまったみたいで、本来なら古城の地下室に降り立つはずだったのが散り散りに……。

それに私は過去に飛ぶ直前の記憶を失ってしまいました。カイゼルさんも同じような症状に見舞われていたんですよね?」

俺は頷いた。

目覚めた時の二日酔いのような状態は、時間跳躍によるものだった。不安定な状態での跳躍によって記憶を失った。

「自分が誰かと過去に飛んできたことだけは覚えていました。なので私一人で元の時代に帰ることはできませんでした。

時空魔法を使えるのは残り一回だけ。私だけが元の時代に戻ってしまえば、いっしょに来た人は取り残されてしまいます。

だからしばらくの間、この時代に滞在することにしました。

でも古城には帰れません。そこにはこの時代の私がいますから。どうするか迷った末に王都で宿を開くことにしたんです。

他の人のお店で働いたら、私は従業員の皆さんとは馴染めないと思いました。想像するだけで足が竦みました。それならいっそ、自分の店を持てばと。

元々宿を開くことに憧れもありました。

宿泊客の人たちがたくさん集まってきて、毎日賑やかに過ごすことができる——そんな日々を古城にいた頃に何度も夢想しました。

だけど、実際に始めてみると全然上手くいかなくて……。お客さんも来ませんし、私も他の人と話すことができません。

完全に心が折れかけていた——そんな時でした。市場で果物を買った帰り道、カイゼルさんに助けて貰ったのは。

その時はまだカイゼルさんのことを思い出していませんでした。

普通なら知らない人と話すのは緊張するはずなんですけど、不思議とカイゼルさんとは自然に話すことができました。

だ、だから気づいたら住み込みで働いて欲しいと言っていました。まさかいっしょに過去に飛んできた相手だとは思いませんでしたけど」

とんだ偶然もあったものだ。

一連の出来事を話し終えたリズベスさんに、俺は尋ねた。

「リズベスさんはいつ記憶を取り戻したんですか」

「……カイゼルさんが宿に住み込みで働くようになってしばらくした頃です。過去に飛ぶ直前のことも全部思い出しました」

「思い出したのなら、教えてくれても良かったのに」

「そうですよね。本当ならそうすべきでした」

リズベスさんは俯きながら呟いた。

「でも、教えてしまったら、カイゼルさんが記憶を取り戻してしまったら——元の時代に帰ることになってしまいます。

そうすれば私たちの関係は終わってしまう。

カイゼルさんには愛する娘さんたちがいて、たくさんの仲間や友人がいて、私なんかとは別世界で生きている人ですから。

本来なら関わり合いになることも、見向きをされることもありません。

もしも関係が続いたとしても、私はカイゼルさんにとっての、たくさんいる知り合いのうちの一人にしかなれない。

でも、この時代においては話が変わります。娘さんたちを差し置けば、カイゼルさんの周りには私しかいません」

リズベスさんはそう言うと、自嘲的な笑みを浮かべた。

「……私はカイゼルさんにとっての特別な人になりたかったんです。だから自分の記憶を取り戻した後も本当のことを隠し続けました。

それを口にしてしまえば、この時間が終わってしまうから。私はずっとカイゼルさんと二人きりでい続けたかった。古城にいた時のように。

だから、いつカイゼルさんが記憶を取り戻すのか気が気じゃありませんでした。その時が来る日をずっと怯えながら待っていました。

……でも、それももうおしまいです。

私は自分の都合で本当のことを言わずに騙し続けてきました。カイゼルさんの気持ちを考えることもせずに。

……私はどうしようもなく卑怯で、卑しくて、最低な人間です。そんな私が嫌われるのは当たり前のことです」

　全てを語り終えた後、リズベスさんは諦観したかのように目を伏せた。うっすらと口元だけを卑屈に歪めている。

　それは彼女が自分を責める時の癖だ。

「リズベスさん」

　声を掛けると、彼女はびくりと身を震わせた。恐る恐る上目遣いでこちらを向いた。処刑の瞬間を待つかのように硬くなっていた。

　たぶん、責められると思っているのだろう。

　けれど。

「俺はあなたを嫌ってなんかいませんよ」

「……え？」

「俺を助けるために時空魔法を使ってくれたんでしょう？　だったら感謝こそすれ、嫌いになんてなるわけがありません」

「で、でも、元はと言えば私が足手纏いになったせいですし……」

「それは俺がそうしたいと思ったから、そうしただけのことです。リズベスさんが自分を責める必要なんてない」

「き、記憶が戻っても黙っていたんですよ？　カイゼルさんを元の時代に帰さないようにしていたんです」

「でもそのことを正直に話してくれました。俺が尋ねても、まだ記憶が戻っていないフリをすることもできたのに」

「ち、違います！」

リズベスさんは声を荒げた。

「私は卑怯で、卑しくて、最低な人間なんです。カイゼルさんと関わっていいような人間じゃありません」

「俺はそうは思いません」

はっきりと告げる。

自分を嫌おうとする彼女を、否定するように。

「リズベスさんといっしょにいて、俺は楽しい時間を過ごせました。元の時代に戻っても仲良くできたらと思ってます」

だから、と諭すように言う。

「俺の大事な人のことを悪く言わないであげてください」

「…………」

リズベスさんは呆然(ぼうぜん)としていた。

「……カイゼルさんは、私を嫌ってはくれないんですね」

「ご希望に添えなくてすみません」

それに、と俺は続けた。

「この時代に飛ばされたおかげで、娘たちに会えました。王都で頑張っている娘たちの姿を傍で見ることができた」

村にいた頃は手紙でしか知ることのできなかった娘たちの日々。過去に飛んできたことで傍で見ることができた。

それだけでもここに来た価値はあった。

「……カイゼルさんは、元いた時代に戻られるんですか？」

「そのつもりです」

娘たちや皆が待っているから。

「でも、リズベスさんはあと一回しか時空魔法を使えないんですよね？　なら別の方法を探さないといけません」

古城にいた頃に彼女は話していた。

時空魔法は自分にとってのお守りなのだと。

それを使えば過去に戻り、人生をやり直すことができる。現状を変えられる。そう思うことが心の支えになっているのだと。

なら、奪うわけにはいかない。

「あ、あの、カイゼルさん、私――」

長い沈黙の末、リズベスさんが勇気を振り絞って何かを言おうとした時だった。言葉を遮るように突然宿の扉が勢いよく開かれた。

「パパ！　まだ起きてる!?」

切迫した表情のアンナが飛び込んできた。

「うひゃあ!?」

突然の訪問にリズベスさんは華奢な肩をびくっと跳ねさせると、その勢いのまま椅子からがたがたと雪崩れ落ちてしまった。

「大丈夫ですか？」

「は、はひ……」

「ごめんなさい。急いでいたものだから」

謝罪するアンナに、尻餅をついていたリズベスさんは弱々しい笑みを浮かべる。アンナの手を借りてよろよろと起き上がる。

「それより、どうかしたのか？」

俺が尋ねると、アンナは思い出したように言った。

「大変なの！　王都にとんでもない魔物が――」


アンナの証言を纏めるとこういうことだった。

王都から東に一日ほど馬車を走らせた先にある渓谷。

そこに突如、巨大な魔物が出現したのだという。

獰猛に妖しく輝く赤目。

岩をも噛み砕く屈強な顎。

全身に纏わせた鋼のように黒光りした硬質な鱗。

その魔物が現れるところには激しい雨風が巻き起こり、嵐を自在に操ることができるという災害級の個体。

ストームドラゴン。

元の時代で俺が討伐任務に赴いていた因縁の相手。

リズベスさんの時空魔法に巻き込まれ、奴もこの時代に飛ばされていたらしい。

「別の魔物の討伐任務で渓谷に赴いていた冒険者パーティが偶然出くわしたの」

「彼らはどうなったんだ」

「安心して。怪我はしたものの、命に別状はないわ。近くに休憩所があったから。そこに逃げ込むことができた」

アンナの発案により任務地に設置された休憩所。メリルの開発した魔導器が周囲に結界を張ることで、魔物に認識されづらくなっている。

冒険者たちはそれに救われたようだ。

「……でも本来、ストームドラゴンは渓谷に生息する魔物じゃない。それに出現する際には必ず何らかの予兆があるはずなのに」

「アンナ、そのことなんだが」

俺はアンナに一連の流れを説明した。

「……なるほど。パパはストームドラゴンの討伐任務に出ていたのね。それでいっしょに過去に飛ばされてきたと」

「ああ、恐らくは」

「でも災害級の魔物を一人で倒しに向かっていたなんて」

「他の仲間は都合がつかなかったんだ」

本来ならレジーナとエトラと共に向かう予定だった。

しかしちょうど同時期に別の場所に強力な魔物が出現したので、二人にはそちらの討伐に当たって貰っていた。

間の悪いことにエルザも騎士団の遠征に出ていた。

ストームドラゴンを相手に渡り合える者が皆出払ってしまっていたから、俺一人で討伐に赴くしかなかったのだ。

「しかし、どうして今まで沈黙していたんだ？」

もしかすると、奴も俺たちと同じように酔いの症状が出ていたのかもしれない。それが回復したから動き出したのか。

「いずれにしてもこのままじゃマズいことになるわ」

アンナは苦い顔をしていた。

「ストームドラゴンは王都の方角に向かっていると報告があった。奴の速度なら今夜中にも到着するかもしれない」

そして想定される最悪の事態を口にした。

「災害級の魔物が王都に襲来したら大惨事になる。市民たちに多数の犠牲が出て、最悪の場合は街が壊滅してしまうかも」

「その前に迎え撃って、仕留めるしかないな」

王都の人々を巻き込むわけにはいかない。

俺が責任を持って討伐しなければ。

その時、遠くの方から鐘の音が鳴り響いた。

危機感を駆り立てる音色。それは外敵の襲来を告げるものだった。

「父上！」

扉が開き、切迫した様子のエルザが駆け込んできた。鎧に身を包んだ彼女は、俺の姿を見つけると捲し立てる。

「現在、王都に災害級の魔物が向かっていると――」

「ああ。把握してる」

俺はそう答えると、

「今からそいつを迎え撃つために前線に出るところだ」

「でしたら、私もごいっしょさせてください」

エルザは胸に手を置きながら言う。

「父上と共に戦います」

「危険な戦いになるぞ」

「承知しています。相手は災害級——命を落としかねないことも」

それでも、とエルザは物怖じせずに続けた。

「王都の方々を守るために、私は騎士団に入りましたから」

「……そうだったな」

エルザが自分で決めたことだ。

なら何も言うことはない。

「分かった。力を貸してくれ」

「はい！」

「私はサポートに回るわ」

「頼んだ」

俺たちが着々と準備を進める中、リズベスさんがおずおずと尋ねてきた。

「わ、私はどうすれば……」

「リズベスさんは住民たちの避難誘導をお願いします。パニックになっている彼らのことを落ち着かせてあげてください」

「み、見ず知らずの人たちを私がですか……!?」

「大丈夫です。自分を変えるために宿を開いて宿泊客たちと話せるようになった——今のリズベスさんにならできます」

俺はそう告げた。

「任せてもいいですか？」

リズベスさんはしばらく迷っていたようだが、やがて覚悟を決めたようにこくりと静かに頷(うなず)いた。

「……や、やってみます」

普段の弱々しさは感じられない。

その目は決意に満ちていた。

きっと、彼女なら上手(うま)くできるだろう。

俺とエルザは宿の扉を開けると、通りに出た。

避難するために石畳の上を駆けていく住民たちの流れに逆らうように、俺たちは王都の正門の方に向かって走る。

素性を隠すために仮面を着けながら、俺はエルザに尋ねた。

「そういえば、騎士団の連中は？」

「石壁の上の迎撃部隊を除いて全員、貴族街と王城の防衛に回されています」

「それだと街は守れないだろう」

「ルキフェス団長にとっては、王族と貴族以外はどうでもいいのだと思います。街の防衛は冒険者ギルドに丸投げ」

それはいっそ清々(すがすが)しいな。

「エルザはここにいていいのか？」

騎士団であれば貴族街や王城の防衛に向かわなければならないはずだ。

「王都の人々を守るのが騎士団の仕事です」とエルザは答えた。「私はただ、自分の職務を全うするだけです」

「——そうか」

人混みを抜け、正門近くまでやってきた時だった。

「エルザさん！」

見るとそこには鎧姿の騎士たちがいた。

ずらりと並んだ彼らは、数十人はいるだろうか。

「皆さん……どうしてここに」

エルザは困惑した表情を浮かべている。

騎士たちが言った。

「魔物の迎撃に向かうんでしょう」

「俺たちも戦います」

「ですが、あなたたちは貴族街や王城の防衛の任があるはずです。勝手に動けば団長の命に背いたことになります」

エルザは心配するように言う。

「最悪の場合、除籍処分になるかもしれません」

「構いません。それで市民の命を守れるのなら」

騎士の一人が皆の意志を代弁するように言った。

その言葉を皮切りに、騎士たちが口々に想いを告げる。

「ずっと忸怩たる思いを抱いていたんです。俺たちが殉じるべき騎士道というのは、本当にこれで合っているのかと」

「俺も本当はあなたのように、王都の人々を分け隔てなく守りたかった。そういう騎士になりたくて騎士になったんだ」

「ルキフェス団長に立ち向かうエルザさんの姿を見て、冷遇されてもめげずに自分の騎士道を貫いて鍛錬を重ねるあんたの姿を見て、目が覚めた」

「ここで市民を見捨てるのは、俺たちの憧れた騎士の姿じゃない」

「俺たちも騎士団の一員として、王都の人々を守るために戦います。エルザさん、あなたと同じように」

「皆さん……」

騎士たちは皆、いい顔をしていた。

目に強い意志の光があった。

元々、このままではいけないとは思っていたのだろう。

けれど、騎士団長であるルキフェスに支配された騎士団内では、声を上げることも動くこともできなかった。

エルザのひたむきさが、彼らの心を動かしたのだ。

「分かった。騎士団の皆も協力してくれ」

俺は告げた。

「ここにいる皆で、ストームドラゴンを討ち果たそう」


王都を囲む壁の外。

その東側に広がる平原の前に俺たちは集まっていた。

そこはストームドラゴンの侵攻方向。

迎え撃つ準備を終えてしばらく、その時が訪れた。

頭上に広がっていた澄み渡る星空が、瞬く間に分厚い雲に塞がれる。

雷鳴が轟き、雨風が激しく吹き荒れた。

遠方の空から、巨大な黒龍が嵐を引き連れて近づいてくる。

間違いない。

その姿はかつて古城で戦った相手そのものだ。

「何て禍々しいんだ……」

「あんなの相手に、どうやって戦うんだ？」

騎士たちが不安そうに俺の方を見てくる。

「俺が奴を切りふせる」

そう宣言すると、だが、と言う。

「奴（やつ）を仕留める剣技を発動するには、魔力を込める時間が必要になる。その間は無防備の状態になってしまう」

だから、と続けた。

「発動までの間、皆には奴の注意を引き付けておいて欲しい」

ストームドラゴンは全身に分厚い鱗（うろこ）の装甲を有している。

生半可な攻撃は通らない。

魔力を込めた一撃を放つことで一気に仕留める。

「しかし、あんたで本当に倒せるのか？」

「大丈夫です」

騎士の懐疑的な言葉に、エルザが答える。

「ちちう――彼は私が知る中でもっとも強い剣士です。必ず敵を仕留められます。それは私が保証します」

「わ、分かりました」

騎士たちはエルザの言葉を信じたようだ。

「皆、頼んだぞ」

俺はエルザや騎士たちにそう告げると、技の発動体勢に入る。剣の鞘（さや）に手を掛け、魔力を高めるために集中する。

その瞬間、危機を感じ取ったのだろう。

ストームドラゴンは高らかに咆哮を上げると、俺を仕留めようと、両翼を羽ばたかせて巨大な竜巻を放ってきた。

それは地面を削り取りながら、俺を呑み込もうと迫り来る。

「はああっ！」

エルザが裂帛の気合いと共に振るった剣が、竜巻を両断した。勢いよく渦を巻いていたのが一撃で途絶える。

「エルザさんに続け！」

「敵を近づけるな！」

騎士たちは俺を守る壁となって立ち塞がる。薙ぎ倒されながらも、ストームドラゴンの攻撃を懸命に防いでくれていた。

しかし力量差は明らかだった。

ストームドラゴンは騎士たちを蹴散らすと、壁を突破する。その勢いのまま、無防備な状態の俺に迫ろうとしてきた。

まだ力は充分じゃない。

だが反撃しなければやられてしまう。

「……仕方ないか」

攻撃体勢に移ろうとした——その時だった。

放たれた魔弾がストームドラゴンの体躯を撃ち抜いた。間髪を容れず、いくつもの魔弾が流星のように降り注ぐ。

ストームドラゴンは仰け反ると、怯んで動きを止めた。

振り返ると、冒険者たちが援軍に駆けつけていた。

アンナによって招集されたのだろう。

その中には見知った顔もいた。

無謀な任務に駆り出され、危機に陥ったところを助太刀してあげた連中。彼らは一斉に攻撃を仕掛けている。

「敵の注意を引くんだ！」

「あの仮面の男ならきっとやってくれる！」

「彼の強さは本物だ！」

前衛の剣士や斧使い、後衛の射手や魔法使いも揃って猛攻を繰り広げる。俺の下に敵を近づけないようにと。

だが、それでも敵の強さは圧巻だった。

ストームドラゴンは咆哮を上げると、次々と光弾を放ち、猛攻する冒険者たちを爆風と共に吹き飛ばしていった。

進撃しようとするストームドラゴンの足下から、いくつもの火柱が立ち上る。それらは檻のように敵を囲い込んだ。

「ボクちゃんもいるよん」

メリルも加勢に駆けつけていた。

「もう、こんな夜中に襲撃してくるなんて非常識だな～。おかげでパパの格好良いところを見逃しかけたじゃん」

ストームドラゴンに対して愚痴を言う。

そして援軍たちを見ると。

「皆、この魔導器を使ってねー。火魔法を撃てるから。倒すのは無理でも、足止め程度にはなると思うよん」

「ありがてえ！」

「使わせて貰うぜ！」

騎士や冒険者たち、それに魔導器。駆けつけた援軍や武器は、エルザやアンナ、メリルがもたらしたものだ。

王都は彼女たちのおかげで良い方向に進んでいる。

過去に来ることができてよかった。

ほんの少しの間だったが、彼女たちの姿を傍で見られてよかった。

「パパ、どお？　そろそろ準備できた？」

「――ああ、もう充分だ」

皆が足止めをしてくれたおかげだ。

倒すべき敵を真っ直ぐに見据える。

ただならぬ雰囲気を感じ取ったのだろう。

ストームドラゴンはその剣気を前に、明らかな怯えを見せていた。

だがそれを振り払うように雄叫びを上げると、巨軀に敵意を漲らせ、俺を仕留めようと勢いよく迫ってくる。

「――俺もお前も、この時代にいていい存在じゃない」

剣の柄に手を掛けると、それを抜いた。

「悪いが、退場願おう」

一閃――断末魔を上げさせることすらなかった。魔力を込めた剣戟は、その堅牢な巨軀を真っ二つに切り裂いた。

ストームドラゴンの巨軀は地に沈むと、二度と起き上がることはなかった。


夜が明け、王都は朝を迎えた。

ストームドラゴンを討伐した後の事後処理を終えた俺はリズベスさんの宿に戻り、彼女と部屋で話していた。

「カイゼルさん、お疲れさまでした」

「リズベスさんの方こそ。アンナから聞きましたよ。住民たちを避難させるために、懸命に頑張ってくれていたって」

リズベスさんはあの後、住民たちの避難誘導にあたってくれた。

パニック状態に陥っていた住民たちに対し、声を振り絞って落ち着かせてくれていたと後にアンナから聞いた。

「……皆さんのお役に立ててよかったです」

リズベスさんは照れ臭そうに言った。

「……そ、それにカイゼルさんに任せるって言って貰えましたから。どうにかして期待に応えたいと思ったんです」

頬を朱に染めながら、上目遣いで見てくる。

「誰かに期待されることなんて初めてでしたから」

そう言うと、取り直すように話題を変えた。

「あ、あの、カイゼルさん。アンナさんが宿に来る直前に話していた——どうやって元の時代に帰るかの話なんですけど」

「はい」

「私の時空魔法を使ってください」

「え?」

俺は思わず聞き返していた。

「リズベスさんはあと一回しか時空魔法を使えないんですよね? だとしたら、時間移動ができなくなるんじゃ……」

「はい。でも良いんです」

リズベスさんは言った。

「私にとって、時空魔法はお守りでした。過去に戻れば人生をやり直せる……。魔法学園のクラスメイトの方に話しかけて貰ったあの日、上手く受け答えができていたら、皆の輪の中に入ることができていたんじゃないか。そうすれば引きこもることもなかったし、全うに生きることができていたんじゃないかって」

だけど、と続けた。

「時空魔法を使わなくても、過去に戻らなくても、人生を変えることはできる。今の自分を変えることで未来を変えられる。

世の中の皆さんと同じ歩幅では歩けないかもしれませんけど。それでも私なりに、遅くても一歩ずつ前に進むことはできる。

カイゼルさんといっしょに宿で働く中で、そのことに気づいたんです」

それに、とリズベスさんは言った。

「あの日に戻って人生を変えていたら、古城に住むこともなかったし、カイゼルさんとも知り合えませんでしたから」

そう話すリズベスさんは、穏やかな顔をしていた。

憑き物が落ちたかのように吹っ切れた表情だった。

俺はそれを見て、思わず微笑みが漏れた。

「あ、あれ!? ど、どうして笑ってるんですか？」

リズベスさんは俺の様子を見て動揺していた。

「私、何か変なことを言いましたか……？」

「いえ。初めて会った時とは見違えたなと思って」

俺は言った。

「前よりもずっと、素敵な人になりましたね」

「ひゃえ!?」

リズベスさんは突然褒められ、顔を真っ赤にした。

「す、素敵だなんて言葉、両親以外に初めて言われました……！ ももも、もしかして私のことを好きになったとか……？」

「そうですね」

「え？」

「俺はリズベスさんのこと、好きですよ」

「ふぁあああああ!?」

リズベスさんは口元を押さえ、甲高い悲鳴のような声を上げていた。目の奥がぐるぐるになるほどに狼狽していた。

「俺にとっては、大事な友人の一人です」

「あ、そうですよね。びっくりしました」

リズベスさんはすん、と落ち着きを取り戻した。

そこで俺は気づいた。

なるほど、異性としてと取り違えていたのか。

紛らわしかったな……。

「逆に異性として好きと言われていたら、どうしていいか分かりませんでした。結ばれることなんて想定してなかったので……」

ふひ、と笑みを漏らす。

卑屈さはまだ抜けていないようだった。


元の時代に戻る算段は立った。あとは実行に移すだけだ。

リズベスさんはそれに合わせて宿を引き払うことにした。

本当のことは言えないので、対外的には遠くの街に引っ越すからと説明していた。

宿を閉める日には常連客たちが集まってくれていた。

閉店を惜しむ声や労(ねぎら)いの声を受け、リズベスさんはうっすらと涙ぐんでいた。またいつの日かこの街に戻ってきたいと口にしていた。

魔法学園のクラスの輪には入れなかったかもしれない。けれど、今この瞬間、彼女は皆の輪の中心になっていた。

人よりは遅れてしまったかもしれないけれど。確かに前に踏み出した。

俺も娘たちに元の時代に戻ることを伝えた。

皆、納得はしながらも名残惜しそうにしていた。

特にメリルは食い下がっていた。

「やだやだー！　ずっといて欲しい！」

「また近いうちに会える日が来るから。それに村にはこの時代の俺がいるんだ。いつでも会いに行けるだろう」

「でもパパはたくさんいた方が嬉しい～！」

「人生で聞く機会はまずない台詞だな……」

最終的にはエルザとアンナに窘められて渋々引き下がっていた。その分、村にいるパパとイチャイチャするもんねと言い残しながら。

エルザとアンナがそれぞれ俺に言葉をかけてくる。

「父上のおかげで腐らずに立ち直ることができました。父上にいただいた言葉は、この先の私を支えてくれる宝物です」

エルザは胸に手を置くと言った。

「私はきっと、騎士団長になってみせます。そして騎士団を王都に住む皆さんを守るための組織に変えてみせます」

「次に会う時には、私もギルドマスターになってるつもりだから。その時には頑張ったなってうんと褒めてあげて」

「ああ」

俺たちは王都を後にすると、北に向かった。

結局、未来で娘たちがどうなっているかは告げなかった。

それでいい。

結果が分かってしまったらつまらない。

目標に辿り着くまでの道のりこそが宝物なのだから。

旅路の果てに崖の上の古城に辿り着いた。

時空魔法はリズベスさんの魔力刻印と地下室の魔法陣が揃って発動できる。共に地下室に続く階段を降りていった。

部屋に辿り着くと、中央に展開された魔法陣の上に立つ。

リズベスさんは前髪を掻き上げると、その下に隠されていた右目を露わにする。その瞳に刻まれた魔力刻印が輝きを放つ。

それに呼応するように魔法陣も青白い光を浮かび上がらせた。

「……私も過去に来ることができてよかったです。夢だった宿を開いて、カイゼルさんといっしょに働くことができました」

リズベスさんの呟きに応えるように言う。

「はい。俺も楽しかったです」

「か、カイゼルさんっ」

「何でしょう？」

リズベスさんは両手の指をつんつんと合わせ、躊躇しながらも、やがて意を決したかのように尋ねてきた。

「も、元の時代に戻っても、私と仲良くしてくれますか……？」

「もちろんです」

俺はふっと微笑みかける。

「その時は、仲間を紹介させてください」

「……はいっ」

リズベスさんも微笑みを返してきた。

卑屈さの抜けた、安堵に満ちた表情。

それはとても綺麗だと思った。

魔法陣が発した光が、その微笑みごと包み込む。

次の瞬間、目の前が真っ白になった。

エピローグ

再び視界が戻ってきた時、そこは古城の地下室だった。

けれど、先ほどとはまるで光景が違っていた。本棚は薙ぎ倒され、書籍が散乱し、瓦礫がそこら中に散らばっている。

ストームドラゴンの侵攻の痕跡が残っていた。

それを見て理解した。俺たちは無事に元の時代に戻ってきたのだと。

部屋を一通り片付けた後、俺たちは別れた。

俺はストームドラゴンを討伐したと冒険者ギルドに報告する必要があったし、リズベスさんは心の整理を付けたいと言ったから。

彼女の右目の魔力刻印は消えていた。

もう二度と時空魔法は使えなくなった。

けれど、リズベスさんは清々しい表情をしていた。吹っ切れたかのように。

その後、王都に戻った俺は驚いた。

ストームドラゴンを討伐しに向かってから、まだ一週間しか経っていなかった。

過去に飛ばされてから一ヶ月以上は優に向こうで過ごしていたが、こちらでは魔法陣に呑まれてからすぐに戻ってきたことになっているらしい。

奴（やつ）の討伐を冒険者ギルドに報告する。

死骸自体は過去にあった。

しかしストームドラゴンの角を獲（と）ってきていたから、それを渡すことで討伐完了と認定して貰（もら）うことができた。

娘たちにも再会した。

過去に干渉したことで未来が変わっていないかと心配だったが、三人とも俺の知る未来にきちんと到達していた。

俺の見た範囲では他のところにも歪（ゆが）みは現れていないようだった。

後になって驚いたことがあった。

自室の机の引き出し——そこを開けると、中にはたくさんの手紙が入っている。

まだ村にいた頃、王都から娘たちが近況報告に送ってくれていたものだ。今までのものは全てこちらに持ってきていた。

ふと懐かしくなってそれらを読み返していた時だ。

ちょうど三年前にエルザが送ってくれた手紙の文面を見た俺は声を上げた。

そこにはこう書かれていた。

『騎士団に入ってから、自分の在り方に悩んでいたのですが。ある方からいただいた言葉で吹っ切ることができました。

これからも王都の人々を守るため、剣の鍛錬に励む所存です。

いつの日か、騎士団長としての姿をお目に掛けたいです。その時にはぜひ、父上とまた手合わせできればと思います』

アンナからの手紙もあった。

『この前、王都に災害級の魔物が襲撃してきたんだけど。強力な助っ人のおかげでどうにか撃退することができたわ。

宰相が変わったことで、冒険者ギルドの体制も変えられたし。後はギルドマスターの座を私がもぎ取るだけね』

その文面は過去に飛んだ俺と過ごした時のものだろう。

けれど。

村にいた頃にも読んだ覚えがあった。

つまりだ。

俺が過去に飛ばされることはあの時点で決まっていた。

干渉したことによる歪みは存在しない。

端からその予定だったのだから。

そういえば、あの時期、メリルが村に帰ってきた時はいつも以上にイチャイチャしようとしてきていたのを思い出す。

パパ二人分イチャイチャするんだもんねとか何とか言っていた。

その時は意味が分からなかったが、今となっては理解できる。

俺が立てた推論が果たして真実かどうかは分からない。実際のところは全く見当違いなことを言っているのかもしれない。

ただいずれにしてもハッキリしているのは。

俺はようやく元の世界に戻ってきたということだ。


その日、俺はレジーナとエトラと共に討伐任務に出ていた。

元々は俺とレジーナの二人で赴く予定だったのだが、もう一人魔法使いがいた方がいいということでエトラにも声を掛けた。

ギャンブル以外に興味のない彼女はすげなく断ったのだが、夕食を奢ると言うと、それならばと付いていてくれた。

無事に討伐任務を終え、王都に戻ると日が暮れかけていた。

騎士団の仕事を終えたエルザと、冒険者ギルドの仕事を終えたアンナ、そして魔法学園帰りのメリルと合流する。

今日は娘たちと共に夕飯を食べに行く予定だった。

俺たちは討伐任務の話をしたり、娘たちの仕事や学校での話を聞いたり、他愛のない話をしたりしながら路地を歩いていた。

その中でアンナが話してくれた。

今日、王都の住民たちの間で密かに話題になっていることがあると。

何でも通りに新しく宿ができるらしい。

その宿はかつて美味しい料理と店主の一生懸命なおもてなしで人気があったが、店主が遠くに引っ越したことで閉店してしまった。

しかしこの度、また戻ってきたのだという。

見覚えのある通りを歩いていると、レンガ造りの建物が見えてきた。

今日が開店日だからだろう。

表には店主であろう女性の姿があった。

エプロン姿に身を包んだ彼女は、カラスの濡れ羽のような長い黒髪をしていた。頭頂部の一本だけがぴょこんと飛び出している。

メニュー表の書かれた看板を設置し、いそいそと店前を掃き掃除し、宿泊客たちを迎える準備をしているようだ。

「今日から営業開始だそうですね」

俺が声を掛けると、その女性は振り返った。彼女は驚いた表情を浮かべた後、ふっと口元に笑みを浮かべた。

「……どうしても、宿を開いていた時の楽しい気持ちが忘れられなくて。王都の皆さんが集まってくれる場所になれればなって」

「宿、良い名前ですね」

「はい。私自身もとても気に入ってるんです」

エプロン姿の店主は見上げる。

店の看板には『妖精の隠れ家』と書かれていた。

レジーナとエトラは「誰？」と尋ねてくる。

「俺の大切な友達だよ」

そう告げると、彼女の方に向き直った。

「あの時の約束を果たしにきました。俺の仲間たちを紹介したくて」

彼女は、はい、と涙ぐんだ声で答えた。

「妖精の隠れ家へようこそ――カイゼルさん」

カラスの濡れ羽のような長い黒髪の宿屋の店主――リズベスさんはそう言うと、卑屈さの抜けた柔らかな微笑(ほほえ)みを浮かべた。

魔力刻印の消えた二つの澄んだ瞳。

それは過去ではなく、ただ現在だけを見据えていた。

あとがき

お久しぶりです、友橋(ともばし)です。前回よりは早めにお届けできました！

コミカライズも同日発売されていますので、ぜひそちらも手にとっていただけますと幸いです。しゅにち先生の超絶作画が爆発しております。

今巻のヒロインのリズベスのような卑屈女子を書くのは初めてだったのですが、卑屈な女の子って可愛(かわい)いですよね。褒めそやして、赤面させたい……！　薄幸そうな子が幸せに過ごしている様をただ遠くから微笑と共に見守りたいだけの人生だった……。

今回、あとがきのページ数が少ないので関係者各位への謝辞は割愛いたします。

本書を読んでくださった読者の皆さまに最大級の感謝を！　少しでも楽しんでいただけたならこれに勝る喜びはありません。

それでは！

作品のご感想、
ファンレターをお待ちしています

あて先

〒141-0031
東京都品川区西五反田 8-1-5 五反田光和ビル4階
ライトノベル編集部
「友橋かめつ」先生係／「希望つばめ」先生係

Sランク冒険者である俺の娘たちは重度のファザコンでした 6

発　行　2023年11月25日　初版第一刷発行

著　者　友橋かめつ
発行者　永田勝治
発行所　株式会社オーバーラップ
〒141-0031　東京都品川区西五反田 8-1-5
校正・DTP　株式会社鷗来堂
印刷・製本　大日本印刷株式会社

Printed in Japan　ISBN 978-4-8240-0659-2 C0193

オーバーラップ文庫